KB262400

THE RECORD OF RETURNER
현중 귀환록
FUSION FANTASTIC STORY
푸른 하늘 장편 소설

천중 귀환록 8

푸른 하늘 장편 소설

초판 1쇄 찍은 날 § 2012년 5월 23일
초판 1쇄 펴낸 날 § 2012년 5월 30일

지은이 § 푸른 하늘
펴낸이 § 서경석

편집부장 § 권태완
편집책임 § 박우진
디자인 § 이혜정

펴낸곳 § 도서출판 청어람
등록번호 § 제1081-1-89호
등록일자 § 1999. 5. 31
어람번호 § 제1-1393호

주소 § 경기도 부천시 원미구 심곡2동 163-2 서경B/D 3F (우) 420-822
전화 § 032-656-4452 팩스 § 032-656-4453
http://www.chungeoram.com
E-mail § chungeorambook@daum.net

ISBN 978-89-251-2880-1 04810
ISBN 978-89-251-2696-8 (세트)

THE RECORD OF RETURNER

현중 귀환록

8

마스터 교관

푸른 하늘 장편 소설

FUSION FANTASTIC STORY

CONTENTS

Chapter 01
질투

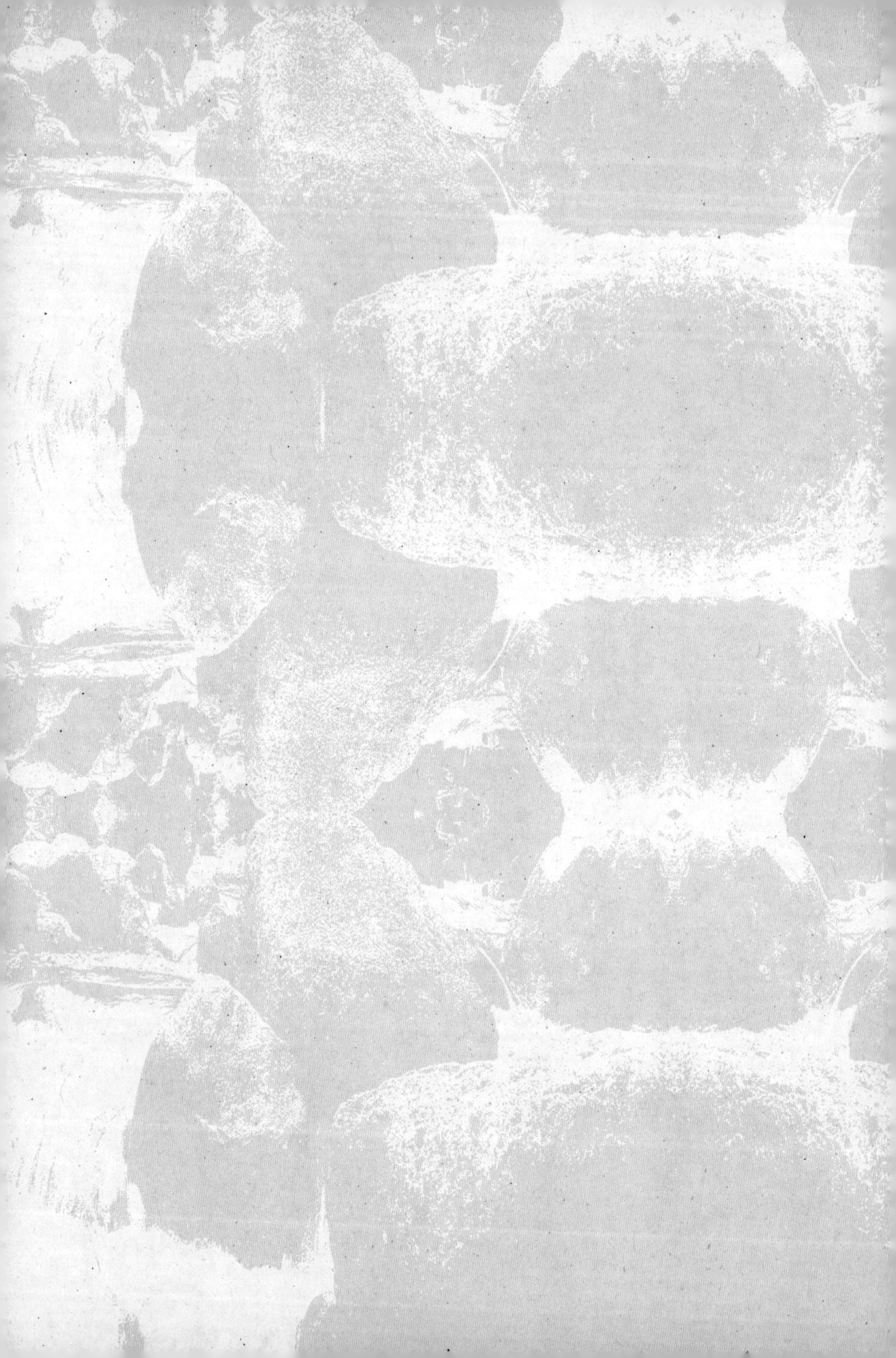

철썩~ 철썩~

잔잔한 파도만 보이는 이곳은 아틀란티스가 잠들어 있는 곳이다.

아니, 정확하게 표현하자면 아틀란티스의 수도인 아틀라스가 잠들어 있는 곳이라고 말해야 할 것이다.

치우천왕이 어둠의 차원석으로 만든 이 공간은 신조차도 머물 수 있는 아공간의 개념이지만, 현중이 느끼기에는 또 다른 작은 세상과 다를 바 없었다.

마나가 있고, 파도가 치고, 바다와 하늘이 있는 곳을 누가

고작 아공간 안이라고 생각하겠는가?

"서둘러요!!"

선미에 앉아서 여유있게 바다를 바라보는 현중과 달리 마리아는 지금이 가장 바쁜 시간이었다.

"잠수정을 내리고 거기에 타는 건……."

곧바로 아틀란티스의 탐사를 위해 잠수정을 내려놓기는 했는데 막상 잠수정에 올라탈 마땅한 사람이 없었다.

혹시나 모를 위험 때문에 선원들과 전문가들을 모두 바깥에 두고 들어와 버렸기 때문이다.

'실수했군.'

안전선실을 분리시키고 들어와 버린 것부터가 실수라고 뒤늦게 판단한 마리아였지만 이미 늦은 상황이었다.

"보스, 내가 해보지."

마리아가 누가 잠수정을 타고 이곳 바닷속으로 들어갈지 쉽게 정하지 못하고 있을 때 바텐이 자신있게 앞으로 나섰다.

"바텐 씨?"

"왜 그리 놀라는 거요? 내가 말하지 않았나? 난 트레저 헌터들과 함께 몇 년간 바다 위에서 생활했었다고."

물론 마리아도 그 말을 듣긴 했다.

하지만 흘려들었지 유심히 귀담아듣지 않았기에 잊고 있었던 것이다.

“이래 봬도 트레저 헌터 일원과 같이 잠수정을 타고 바다 밑에 가라앉은 난파선과 보물선을 탐색한 적이 한두 번이 아니요.”

“조정할 줄 아세요?”

여차하면 탐험선에서 원격으로 조종이 가능하긴 하지만 그건 임시방편이었다. 물속에서 무슨 일이 있을지 모르는 상황에 물 위에 있는 탐험선이 아무리 조종을 잘해도 어쩔 수 없는 한계가 있기 때문이다.

한마디로 잠수정 원격 조종은 비상사태 이외에는 피하는 게 좋았다.

“걱정도 팔자네. 맘 놓고 기다리쇼.”

바다 위에 떠 있는 잠수정으로 내려가는 줄을 타고 능숙하게 옮겨 탄 바텐은 스스로 잠수정의 덮개를 덮어버리고는 들어가 버렸다.

그렇게 바텐이 잠수정에 들어가고 몇 분이 지났을까?

윙~ 윙~ 잉~

엔진 돌아가는 소리가 들리더니 잠수정이 완벽하게 작동하기 시작했다.

“훗.”

마리아도 바텐의 모습에 웃으면서,

“자, 뭘 그렇게 보고만 있는 거예요? 서둘러요. 우린 시간이 없어요.”

　지금 마리아가 이끌고 온 탐험선은 따지고 보면 선발대였다.

　아틀란티스가 실존하는지를 확인하기 위한 하나의 확인 작업에 불과한 것이다.

　그 선발대가 꼭 해야 할 것이 바로 증거 수집이다.

　영국의 함대가 본격적으로 움직이려면 그 누구도 의심할 수 없는 증거가 필요했다.

　그렇기에 지금 마리아는 잠수정의 모든 것을 녹화하는 중이고, 바텐이 어떻게든 오리하르콘을 가지고 올라와야 했다.

　미국이 가지고 있는 손가락만 한 조각이 아니라 그것보다 훨씬 크고 확실한 것으로 말이다.

　그렇게 모두의 기대를 안고 바텐이 잠수정을 타고 내려간 지 두 시간 만에 다시 올라왔다.

　“어때요?”

　마리아는 바텐에게 뭔가 본 것이나 특이한 것이 있는지 물어봤지만 바텐은 고개를 흔들었다.

　“보스, 너무 깨끗해. 마치 휴양지 해변에 온 것 같이 말이야. 여긴 아닌 것 같은데?”

　바텐의 말을 들은 마리아는 얼굴 표정이 살짝 굳었다.

　그 고생을 하면서 겨우 왔는데 깨끗하다는 바텐의 말이 믿어지지 않았다. 하지만 바텐이 녹화한 잠수정의 영상을 다시 확인하고 나자 한숨이 나왔다.

"여기가 아닌 건가……."

마리아도 이 넓은 곳에서 한 번에 아틀란티스의 흔적을 찾는 것은 희망일 뿐이라는 사실을 알고 있었다. 하지만 이곳에서 쉽게 움직일 수도 없는 상황이라 조금은 답답했다.

메로우가 깨어나야 뭔가 행동을 취할 수 있다는 것을 다시 한 번 확인한 것밖에 되지 않으니 말이다.

"메로우는 아직인가요?"

마리아가 슬쩍 물어보자 알렉산드로는 고개를 흔들면서,

"그대로… 잠들어 있을 뿐."

"에휴."

메로우는 열쇠 역할만이 아니었다. 현재 이곳에 대해 누구보다 많이, 정확히 알고 있는 자가 그녀다. 탐험원들이 조언을 구하려면 그녀뿐이었고, 거기다 문을 열고 다시 나갈 때도 그녀가 꼭 필요했다.

망망대해에 모습을 드러낸 탐험선이었기에 잘못 움직였다가는 돌아갈 포인트를 영영 찾지 못하게 될 수도 있다.

GPS도 안 되고, 나침판은 제멋대로 돌아가는 상황이다. 간단한 전자기기만 겨우 정상 작동을 할 뿐, 바다 위에서 방향이나 경로를 파악할 방법은 전무했다.

메로우 없이 움직인다는 건, 돌아갈 수 없다는 것과 같은 말이었다.

"현중 씨는 뭐하고 있죠?"

"현중? 그라면 뭐, 언제나와 같이……."

알렉산드로가 고갯짓으로 선미 부분을 가리켰다. 마리아도 자연스럽게 고개를 돌려 보니 한가로이 하늘을 보면서 선미에 누워 있는 현중이 보였다.

모두가 불안해하면서 긴장하고 있는 이 상황에도 유일하게 탐험선에서 천하태평인 사람이 있으니 바로 현중이었다.

"현중 씨."

"……?"

현중이 따뜻한 햇빛을 가리는 그림자에 살짝 실눈을 떴다. 금발을 대충 포니테일 스타일로 묶은 마리아가 현중의 얼굴 위로 고개를 내밀었다.

"잘돼가나요?"

현중이 천진한 표정으로 물어보자 마리아는 쓴웃음을 지었다.

"전혀 아니올시다예요."

"후훗, 조바심 내봐야 해결될 것이 없다면 조금은 기다리는 것도 한 가지 방법이 될 수 있죠."

마리아는 현중의 말에 웃으면서 현중 옆에 앉았다.

"음, 솔직하게 말해봐요."

"……?"

현중을 추궁하듯 마리아가 물어보자 현중은 눈만 뜬 채 누워서 그녀를 바라봤다.

"어제 혼자 몇 시간 동안 어디에 갔다 왔죠?"

씨익~

마리아의 질문에 현중은 그냥 웃었다.

마리아가 말하는 어제 몇 시간 동안 현중은 치우천왕과 함께 있었으니 당연히 지금은 설명할 수 없었다. 물론 지금 현중이 머릿속으로 그리는 계획을 위해서는 마리아도 당연히 치우천왕의 존재를 알아야 하지만 아직은 아니었다.

"정말 말해주지 않을 건가요?"

마리아는 살짝 삐친 듯 새초롬하니 현중을 내려다보았다. 하지만 현중은 조용히 눈을 감아버리면서 대답을 하지 않았다.

"현중 씨는 정말 속을 알 수가 없군요."

마리아의 투정과 같은 말에 현중은 슬쩍 입을 열었다.

"모든 걸 알기 쉬운 사람보다 알 수 없는 사람이 더 재미있지 않나요? 인생처럼 말이죠."

"후훗, 그럴지도 모르겠네요."

마리아는 현중의 말에 맞장구치면서 웃었다.

그런데 그런 현중과 마리아를 바라보는 시선이 있었으니.

"도대체 저 녀석은 뭐길래 마리아가 저렇게 관심을 보이는 거지? 언제나 얼음처럼 차갑고 날카로운 미소만 보이던 바로슈 백작이 어째서 저 녀석 곁에서는 활짝 핀 꽃처럼 웃는 거지?"

데이비드는 할 수 있는 일이 없어 이곳저곳을 다니다가 우연히 선미에 앉아 있는 둘을 발견했다. 웃고 있는 마리아와 그 옆에 자신의 팔로 팔베개를 하고 누워 있는 현중의 모습을 보고는 못마땅한 듯 인상을 찡그렸다.

지금의 상황은 누가 봐도 삼각관계였다. 데이비드 자신이 생각하기에는 말이다. 하지만 그 삼각관계가 참 웃긴 것이, 데이비드는 마리아에게 대시를 하지만 마리아는 전혀 관심이 없고 그런 마리아는 현중에게 대시를 하고 있었다. 그런데 현중은 그런 마리아에게 전혀 관심이 없는 것이다.

보통 삼각관계라면 복잡하게 얽히는 것이 기본인데 지금 데이비드의 삼각관계는 일방통행에 가까울 만큼 단순한 구조라는 게 조금 다르다면 다를까?

아무튼 데이비드는 현중이 좋게 보일 리가 없었다. 연적을 좋아할 만한 속 넓은 남자는 아마 거의 없을 테니 말이다.

그렇지만 현중을 상대로 자신이 밀리는 것이 많은 것도 사실이다.

돈, 능력, 외모, 거기다 자신이 어떻게 기절했는지도 모를 정도로 엄청난 무술 실력까지, 왠지 모르게 살짝 기죽어 있는 상태였다. 현중 앞에서야 그냥 아무렇지 않게 현중의 신상을 말했지만, 사실은 데이비드가 알고 있는 정보의 아주 작은 조각에 불과했다.

베컴도 현중을 알고 있었다는 것을 나중에 전해 듣고는 도대체 저 인간은 어떤 인간인지 저절로 호기심이 생겼을 정도이니 말이다.

거기다 베컴이 지금까지 누군가를 그렇게 질투하면서도 칭찬하는 것을 본 적이 없는 데이비드는 듣는 내내 기분이 참 오묘했다.

"쳇."

그렇게 현중과 마리아를 한동안 바라보던 데이비드는 그냥 고개를 돌려 버렸다. 둘 사이를 바라보고 있는 자신이 왠지 초라해 보인다는 생각이 들었기 때문이다.

지금까지 어느 것 하나 남부러울 것 없이 자라온 데이비드는 처음으로 자신이 이길 수 없을지도 모르는 남자를 만나게 된 것에 어떻게 해야 할지 갈피를 잡지 못하고 있었다.

왕족에 여왕의 총애를 받으며 나름 엘리트 코스를 밟으면서 살아온 데이비드는 자신이 상위 1%의 사람으로 살았다고 자부했다. 아니, 실제로 그렇게 살아왔다.

그런데 어느 날 갑자기 김현중이라는 녀석이 하늘에서 뚝 떨어졌다. 그는 압도적인 능력차를 데이비드에게 보여주었다. 그 차이에 자괴감까지 느껴야 한다는 것이 못내 인정하기 싫었으나, 어쩔 수 없이 인정해야 하는 현실과의 괴리에서 데이비드는 머릿속만 복잡해졌다.

거기다 마리아까지 현중에게 저렇게 지극정성이니—데이비드가 보는 시선에서는 그렇다—질투로 배알까지 꼴려서 더더욱 머릿속이 뒤죽박죽인 것이다.

"뭐해?"

"……!"

갑자기 뒤에서 들리는 목소리에 데이비드가 돌아보자 알렉산드로가 슬쩍 웃고 있었다.

"알렉산드로 씨."

데이비드는 당황한 눈치를 지우고는 멋쩍게 웃으면서 인사했다.

"그냥 알렉이라고 불러. 군에 있을 때는 다 그렇게 불렀으니까. 이름이 길면 총 맞아 죽기 십상이거든."

웃으면서 농담하는 알렉산드로의 말이지만 특수부대를 나왔다는 것을 알고 있기에 농담으로 들리지 않았다.

“그러죠.”

“뭘 그리 보고 있어? 응? 아, 보스랑 저 괴물을 보고 있구만.”

알렉산드가 아무렇지도 않게 현중을 가리키면서 괴물이라고 하자 데이비드는 고개를 갸웃거렸다.

“괴물이요?”

“그럼, 괴물이지. 으~ 생각만 해도 아직도 소름이 다 돋네. 쩝.”

그러고 보니 데이비드는 현중이 순간이동 마법진을 쓸 때 객실에 있었다. 그렇기에 현중이 순간이동 마법진을 그리는 장면을 보지 못했다.

“저 사람, 괴물입니까?”

“괴물뿐인가? 나 같은 녀석은 100명이 한꺼번에 덤벼도 옷자락 하나 건드려 보지 못할 텐데, 뭐. 크크큭, 왜? 한판 더 해보려고?”

알렉산드로의 장난 같은 말에 데이비드는 고개를 끄덕이면서,

“제가 방심해서 졌을 뿐입니다.”

“방심? 크크큭. 정말 그렇게 생각해?”

“정말입니다. 저 이래 봬도 SAS 특수부대 나온 녀석입니다. 그냥 곱게 자란 건 아니거든요.”

하지만 알렉산드로는 오히려 코웃음을 쳤다.

"후훗! SAS가 아니라 SAS 할아버지가 와도 저 괴물한테는 안 돼. 그럼, 안 되지."

막연한 의견이 아니라 아예 못을 박듯 안 된다고 말하는 알렉산드로의 모습에 데이비는 순간 자존심이 상한 듯 얼굴이 살짝 붉어졌다.

알렉산드로도 그런 데이비드를 보고는 어깨를 몇 번 두들기면서,

"세상은 말이야, 참 불공평해. 뭐, 그래서 더 재미있는 세상이긴 하지만. 그냥 새겨들어. 저 괴물한테 또 도전한다고? 10년, 아니다. 100년 동안 수련하고 덤벼도 옷자락 하나 못 건드릴걸?"

"알렉 씨! 말이 심하군요!"

결국 데이비드의 표정이 울긋불긋해지면서 알렉산드로를 향해 무섭게 눈빛을 쏘아 보냈다.

하지만 젊은 시절을 스페츠나츠에서 보낸 알렉산드로다. 저 정도 눈빛에 기죽기는커녕 오히려 웃음을 터뜨렸다.

"나조차도 자네는 5초면 충분하구만, 무슨 저 괴물한테. 크크크."

아예 대놓고 비웃기 시작한 것이다.

갑자기 데이비드가 자신의 주머니에서 손수건을 꺼내더니

알렉산드로의 가슴을 향해 힘껏 던졌다. 뭐, 손수건이기에 별
다른 충격은 없지만 알렉산드로도 지금 데이비드의 행동이
무엇을 뜻하는지 정도는 알고 있었다.

"오호~ 나한테 결투를 신청한다 이건가?"

가소로웠다.

아니, 우습다 못해 어린 녀석의 쓸데없는 만용이 코미디에
가까울 만큼 알렉산드로의 뱃속을 간질이기 시작한 것이다.
알렉산드로도 가난하게 자랐다. 돈 많고 능력 있는 녀석이 미
쳤다고 스페츠나츠에 지원해서 말뚝을 박았겠는가? 당연히
돈이 필요하고 할 줄 아는 게 그것밖에 없으니 그런 인생을
살아온 것이다.

그런 알렉산드로에게 데이비드의 분노는 그저 세상물정
모르는 어린애가 투정 부리는 것에 불과했다.

"전 기사입니다. 영국 왕실에서 정식으로 기사 승인을 받
은 기사입니다. 더 이상의 모욕은 영국 왕실을 모욕하는 것이
나 다름없기에 무례한 당신에게 결투를 신청합니다!"

"크크큭, 뭐, 그렇게 죽고 싶다면야 나야 환영하지."

솔직히 알렉산드로도 데이비드가 곱게 보이진 않았다.

해적들에게 쫓길 때도 데이비드 때문에 도망치지 않았던
가? 데이비드만 없었다면 해적쯤이야 이미 초장에 박살 내고
탐험선으로 돌아가 해적을 시원하게 일망타진했을 것이다.

하지만 그놈의 영국 왕실의 핏줄이라는 태생 때문에 어쩔 수 없이 도망가게 된, 한마디로 짐 덩어리에 불과한 녀석이다.

"흥! 후회나 마시죠. 당신에게 제가 방심하길 원한다면 오산이니."

끝까지 자신이 방심해서 현중에게 졌다고 생각하고 있는 데이비드였다.

알렉산드로는 그런 데이비드를 보면서 소드 마스터로서 능력을 써 아주 작살을 내버릴까 생각했다. 하지만 그랬다간 마리아의 눈총과 함께 현중에게 무언의 압력이 올 것이 뻔하니 적당히 손봐주는 쪽으로 생각을 돌렸다.

성질 같으면 저런 녀석을 며칠은 기어 다닐 만큼 손을 봐줘야 속이 후련해지지만 그놈의 왕실 핏줄이 역시나 최대 걸림돌이다.

"지금부터 네 시간 후 갑판에서 만나도록 하죠!"

자기 할 말만 하고 데이비드는 찬바람이 횡하니 불도록 조타실을 나가 버렸다. 알렉산드로는 오히려 느긋하게 어깨를 몇 번 풀더니,

"결투니까 뭐, 몇 군데 부러져도 보스가 나한테 뭐라고 하진 않겠지? 내가 먼저 결투 신청한 것도 아니고 말이야."

이미 알렉산드로의 머리는 데이비드를 어떻게 두들겨 패

야 잘 팼다고 소문이 날까 하고 고민 중이었다. 이왕이면 흉터는 크게 남지 않지만 며칠 동안은 피똥 쌀 만큼 고생시킬 방법을 말이다. 스페츠나츠에서 배운 게 모두 그런 거라 크게 문제될 것은 없다.

다만 수백 가지의 방법 중에 어떤 방법을 써야 하는지 즐거운 고민을 하는 중이었다.

"결투?"

"갑자기 뭔 결투래?"

"뭐 급히 할 일도 없는데 잘됐지, 뭐."

발 없는 말이 천리를 간다고 했던가? 사람도 몇 명 없는 탐험선에 순식간에 데이비드와 알렉산드로가 결투를 한다는 소문이 퍼졌고, 그건 곧바로 마리아와 현중의 귀에도 들어갔다.

"결국 말썽이군."

마리아는 어릴 때부터 데이비드를 봐왔기에 언젠가는 사고 한번 칠 줄 알았다. 그런데 하필 이렇게 중요한 시점에 결투라는 엉뚱한 사고를 칠 줄은 몰랐다.

반면 현중은 웃으면서,

"남자들은 다 싸우면서 친해지는 거죠."

"현중 씨처럼 그렇게 맘 편하게 있을 수 없는 게 제 입장이에요."

　왕실 귀족인 이상 왕실의 핏줄을 보호해야 하는 게 의무인 마리아에게는 결투는 가장 껄끄러운 사고 중의 하나였다. 결투를 막자니 왕실 모독에 기사의 자존심을 꺾어버리는 것이 되고 그렇다고 허락하자니 위험부담이 있으니 말이다.

　"설마 죽이기야 하겠어요?"

　현중은 여전히 하늘을 보면서 맘 편한 소리를 했다. 마리아도 순간 현중의 말을 듣고는,

　"그렇겠죠?"

　설마 알렉산드로가 데이비드의 위치를 아는데 죽이기야 하겠느냐 하는 막연한 생각이 들었다.

　"정말… 지금 분위기에 결투라니… 에휴."

　마리아는 이것을 계기로 데이비드를 더욱 철부지 어린애로 생각하게 되었다. 나중에 이 사실을 알고 데이비드는 땅을 치고 후회했다는 후문이 있었다.

＊　　　＊　　　＊

　"흠."

　굳은 표정의 데이비드는 간편한 복장으로 갈아입은 상태였다. 거기다 어디서 구했는지 격투용 장갑까지 끼고 나타났다.

반대로 알렉산드로는 너무나 여유있는 표정으로 갑판에 나타났는데, 갑판에 올라서는 직전까지 옆의 용병과 농담 따 먹기를 하고 있을 정도로 극명하게 반대되는 모습을 보였다.

"이번 대결은 이쪽 도련님의 주최로 만들어진 것이니까 그리들 알고 있고."

어차피 여기 있는 사람들이 증인이자 관객이니 대충 소개는 넘겨 버리는 바텐이었다.

"그럼 뭘 걸지 서로 이야기해 보시오."

"……?"

데이비드는 뭔가를 걸라는 말에 금시초문이라는 듯한 표정으로 바텐을 바라봤다. 하지만 알렉산드로는 웃으면서,

"내가 저 도련님한테 진다면 평생 저 도련님 부하로 살겠소!"

조금은 유치하지만 갑판의 모두가 들을 수 있는 크기의 목소리로 외친 알렉산드로였다.

"이익!!"

데이비드는 알렉산드로의 말에 순간 발끈했는지 입술을 질끈 깨물더니,

"만약에 내가 진다면 그쪽 알렉산드로씨의 요구를 무엇이든 내가 들어줄 수 있는 한도 내에서 한 가지를 들어드리겠습니다."

“오!”

어째 처음 결투하려는 의도와 살짝 방향이 어긋났다. 하지만 이미 알렉산드로가 조건을 이야기하는 순간 발끈한 데이비드는 돌아갈 수 없는 강을 건너 버렸다.

현중은 갑판이 가장 잘 보이는 명당에 앉아 미소를 짓고 있었다. 그의 눈에는 데이비드가 가진 풋내기 기사의 자격지심이 보였다.

하지만 반대로 알렉산드로에게서는 자신이 잠시 마나석을 봉인했다가 풀어주는 우연으로 마나를 사용하는 법을 자연스럽게 알게 된 여유있는 태도가 보였다.

이번 대결은 100이면 100 무조건 알렉산드로가 질 수 없는 경기였다. 그건 현중이 아니라도 누구나 알고 있는 일이다. 물론 용병들이야 흥미진진하게 느끼는 모양이지만 알렉산드로가 마나석으로 마스터가 되지 않았다고 해도 데이비드와 그는 극명한 전투력 차이가 있었다.

아무리 특수부대를 나왔다고 하지만 그저 복무하면서 훈련을 한 데이비드와 실제로 그곳에서 수많은 임무를 수행하면서 스페츠나츠에서도 최강의 군인으로 인정받은 알렉산드로와의 대결은 어린애와 어른의 권투 시합과 다를 바가 없었다.

물론 현재 알렉산드로가 마스터라는 것은 용병들과 데이

비드는 모르고 있는 상태였다.

현중이 마리아에게 직접 데려갔기에 마리아와 거래를 한 알렉산드로의 능력은 현재는 비밀에 싸여 있는 상태다. 러시아에서 쫓기는 몸이라는 것뿐 자세한 신상정보도 비밀에 붙여져 있었다. 스페츠나츠의 군인이었던 알렉산드로의 신상 정보가 쉽게 나돌 리는 없으니 말이다.

"대결은 단판? 아니면 3판 2승? 서로 원하는 쪽으로 하겠습니다."

"단판!"

"단판!"

바텐의 말이 끝나자마자 데이비드와 알렉산드로는 서로 짜기라도 한 듯 큰소리로 외쳤다.

"뭐, 무제한 룰의 대결을 하는 걸 보고 싶지만 서로 원수지간도 아니니까 급소 공격만 아니면 모든 공격은 허용하겠소."

끄덕.

끄덕.

바텐의 말이 끝나자 서로 고개를 끄덕인 데이비드와 알렉산드로는 서로를 바라보았다. 그제야 알렉산드로의 눈빛이 바뀌었다.

냉기가 서리는 날카로운 눈빛에 데이비드는 속으로 침을

삼켰다.

'역시 스페츠나츠 출신이라는 건가.'

방금 전까지는 한량처럼 흐느적거리더니, 대결에 들어가자 다른 사람으로 바뀐다. 좀 전의 모습은 어디에서도 찾아볼 수가 없었다.

데이비드는 몸 전체를 긴장시켰다.

"시작!"

바텐은 시작 신호를 외치고는 그대로 펜으로 그린 조잡한 링의 구석으로 벗어났다.

"……."

"……."

잠시 동안 서로를 바라보기만 하던 알렉산드로와 데이비드는 10초가량 그 자리에서 움직이질 않았다. 주위에서 바라보는 사람들에게 10초는 아주 짧은 순간이었지만 서로 대치하고 있는 데이비드와 알렉산드로에게 10초는 결코 짧은 시간이 아니었다.

알렉산드로는 우선 자신이 먼저 움직이는 것을 자제하기로 한 듯 꿈쩍도 하지 않았다. 하지만 데이비드는 손가락을 꼼지락거리면서 금방이라도 튀어나갈 듯 갈등하는 것이 보였다.

"탓!"

역시나 손가락을 꼼지락거리던 데이비드가 결국 먼저 움직였다.

데이비드가 움직이는 순간 알렉산드로는 회심의 미소를 지었다.

슈욱~

데이비드는 역시나 정직하게 알렉산드로의 가슴으로 파고들 듯 빠르게 치고 들어왔다.

알렉산드로는 정면으로 치고 들어오는 데이비드를 맞이하려고 자세를 잡았는데 그 순간 데이비드의 발이 빠르게 갑판의 바닥을 치더니,

타타탁!

순식간에 알렉산드로의 옆으로 돌아서 완전히 비어버린 옆구리를 향해 강하게 주먹을 내지르는 게 아닌가?

"……!!"

알렉산드로는 순간 데이비드의 움직임에 놀랐다. 그리고 거의 본능적으로 마나석에서 마나를 뽑아 온몸의 세포를 활성화시켜 데이비드의 주먹이 옆구리 갈비뼈에 닿기 직전 빠르게 피해 버렸다

타타타탁!!

얼마나 다급했는지 알렉산드로의 다리가 너무 빠르게 움직여서 구경하는 사람들의 눈에는 짧은 순간 네다섯 개로 보

일 정도였다.

 "쳇!"

 데이비드는 회심의 공격을 그가 피해 버리자 잠깐 혀를 차면서 안타까워했지만 눈빛은 여전히 날카롭게 빛나고 있었다. 알렉산드로는 설마 데이비드가 저런 실력을 숨기고 있을 줄은 전혀 예상도 못했다.

 알렉산드로가 데이비드를 잘못 본 것이 아니었다. 현중과 싸울 때도 데이비드는 지금처럼 공격을 하려고 했었다. 하지만 현중이 먼저 그런 데이비드의 움직임을 읽고 미연에 막아버려서 그 누구도 진짜 데이비드 실력을 본 적이 없었을 뿐이다.

 '실력을 숨기고 있었다는 건가⋯⋯. 재밌군.'

 데이비드의 뜻밖의 공격은 알렉산드로에게 새로운 시야를 주었다. 그 공격이 진심으로 데이비드를 상대하자고 마음먹는 계시가 되어버린 것이다.

 즉, 잠자는 사자의 코털을 건드린 것이다.

 "후우⋯ 후우⋯⋯."

 숨을 고르게 내쉬면서 호흡을 정리하던 알렉산드로는 온몸에 마나를 퍼뜨리기 시작했다. 마스터만의 전유물이자 마나를 자유자재로 조종해서 인간의 한계를 벗어난 힘을 발휘하는 능력을 사용하기로 한 것이다.

“…….”

마리아는 알렉산드로가 마나를 활성화시키자 슬쩍 불안해졌다. 물론 스페츠나츠 출신의 알렉산드로의 실력을 의심하는 게 아니라 데이비드가 불안해서였다.

어디로 튈지 모르는 저 성격의 데이비드가 죽자고 덤벼들면 아무리 알렉산드로라도 실수를 할 수 있다. 인간이기에 말이다.

“현중 씨.”

마리아 자신은 솔직히 지금 저 싸움에 끼어들 수 없는 입장이었다. 영국의 공인 소드 마스터이기 이전에 마리아도 기사였다.

기사가 기사의 결투에 끼어드는 것은 최대의 불명예로 그 어떤 이유로도 용납이 되지 않는 불문율이다. 그러니 안타까워도 지켜볼 수밖에 없었다.

하지만 현중은 다르다.

다른 나라 국적의 사람이고 기사도 아니다. 그런데 여왕에게 명예이긴 하지만 귀족의 칭호를 부여받았기에 완전히 외부인도 아닌 아주 요상하지만 끼어들 만한 충분한 자격이 있는 상태였다.

거기다 그 누구보다 믿음이 가는 실력도 가지고 있고 말이다.

“흠, 알겠어요. 보고 위험하면 제가 막을게요.”

현중이 마리아의 눈빛에서 대충 그녀의 뜻을 읽어냈다. 마리아의 얼굴이 활짝 펴지면서,

“고마워요. 저도 기사이다 보니… 좀 그래서요. 기사가 기사의 결투에 끼어들면 그 누구를 막론하고 불명예로 생각하거든요. 특히나 결투를 한 기사는 치욕으로 생각해요.”

“후후훗, 뭐, 기사들이야 고지식하니.”

현중은 대륙에서도 기사들의 고지식함이 어디까지 갈 수 있는지 이미 당해보았다. 당연히 그 꼴이 눈꼴시어서 그냥 뒤집어엎었던 경험까지 있기에 마리아가 뭘 말하고 무슨 기분인지 충분히 이해를 했다.

기사라는 허울 속에 자격지심을 가지고 자만심까지 키워가는 기사들의 오만함을 현중은 누구보다 잘 알고 있으니 말이다. 물론 현중이 성국을 뒤집어 엎어버리면서 그런 기사들의 오만함은 눈 씻고 찾아볼 수 없게 되었지만 말이다.

하지만 데이비드는 왕실의 핏줄에 여왕의 비호 아래 커왔으니 그런 기사의 오만함이 철철 흘러넘치는 것은 어쩌면 당연할 것이다. 물론 데이비드 자체가 문제가 있는 게 아니다. 데이비드의 환경이 그를 그렇게 만들었기에 현중은 데이비드에 대한 호의적인 생각을 바꾸진 않았다.

이상하게 현중은 데이비드가 마음에 들었다. 남자답다고

해야 할까? 현중 자신과 왠지 닮은 것 같기도 하다는 이상한 동질감을 느낀 것이다. 전혀 닮은 구석이 없는데 말이다.

어쩌면 데이비드에게서 대륙에 있는 버틀러의 모습을 겹쳐 본 것이 그 호감의 이유일지도 몰랐다.

버틀러는 처음으로 만난 대륙의 인연이었고, 현중이 대륙을 떠나 차원 너머 지구로 오는 것을 마지막까지 반대했던 녀석이니 말이다.

"타핫!!"

데이비드는 첫 번째 공격이 실패했지만 전혀 기죽지 않고 일방적으로 알렉산드로를 몰아붙이기 시작했다. 마치 권투와 태권도를 섞은 듯한 이상한 공격이었지만 그 공격을 지켜보는 용병들은 혀를 내둘렀다.

"저 녀석, 저 정도일 줄은……."

"굉장한데."

심판의 위치에 있어서 가장 가까이서 볼 수 있는 바텐은 알렉산드로는 그렇다 쳐도 데이비드의 실력에 다시 한 번 놀랐다. 웬만한 격투기 선수는 그냥 울고 갈 정도로 정확한 공격과 타이밍, 흐르는 듯한 몸놀림 등 뭐 하나 빠지는 게 없는 실력인 것이다.

하지만,

"그래도 알렉산드로에게는 어림도 없군."

노련한 바텐의 눈에는 분명히 보였다.

거의 소나기처럼 쏟아지는 데이비드의 그 모든 주먹과 발차기를 여유있게 막거나 흘리면서 처음 서 있던 그 자리에서 전혀 움직이지도 않고 있는 알렉산드로의 모습이 말이다.

"저 녀석도 설마 마스터였나."

데이비드의 실력은 전장을 벗 삼아 살아온 용병들이 봐도 엄지손가락을 치켜세울 만큼 대단했다. 젊음과 함께 체계적으로 무술을 배웠음이 확실한, 탄탄한 기초가 돋보이는 실력이었다.

그런데 그런 데이비드의 공격을 서 있는 그 자리에서 모두 흘려버리거나 막고 있으면서도 입가에 미소를 짓고 있는 알렉산드로의 모습을 보면 당연히 마스터의 존재를 아는 사람이라면 떠올릴 수밖에 없었다.

알렉산드로가 마스터라는 것을 말이다.

지금 데이비드의 공격은 마치 두 명의 데이비드가 공격하는 것 같이 짜임새가 있었다. 끊어짐 없이 무려 1분 동안 계속해서 공격을 퍼붓고 있는데 그 어떤 공격도 알렉산드로의 몸에 닿은 적이 없다.

한마디로 알렉산드로는 지금 데이비드의 공격을 모두 눈으로 보고 피하거나 막고 있다는 말이 된다. 아무리 동체시력이 빠르다고 해도 모든 공격을 막기는 당연히 힘들었다. 사각에서 들어가는 공격도 제법 있었으니 말이다. 하지만 그 모든 공격을 알렉산드로는 대수롭지 않게 흘려버렸다.
"헉헉, 헉헉."
결국 먼저 지친 것은 데이비드였다.

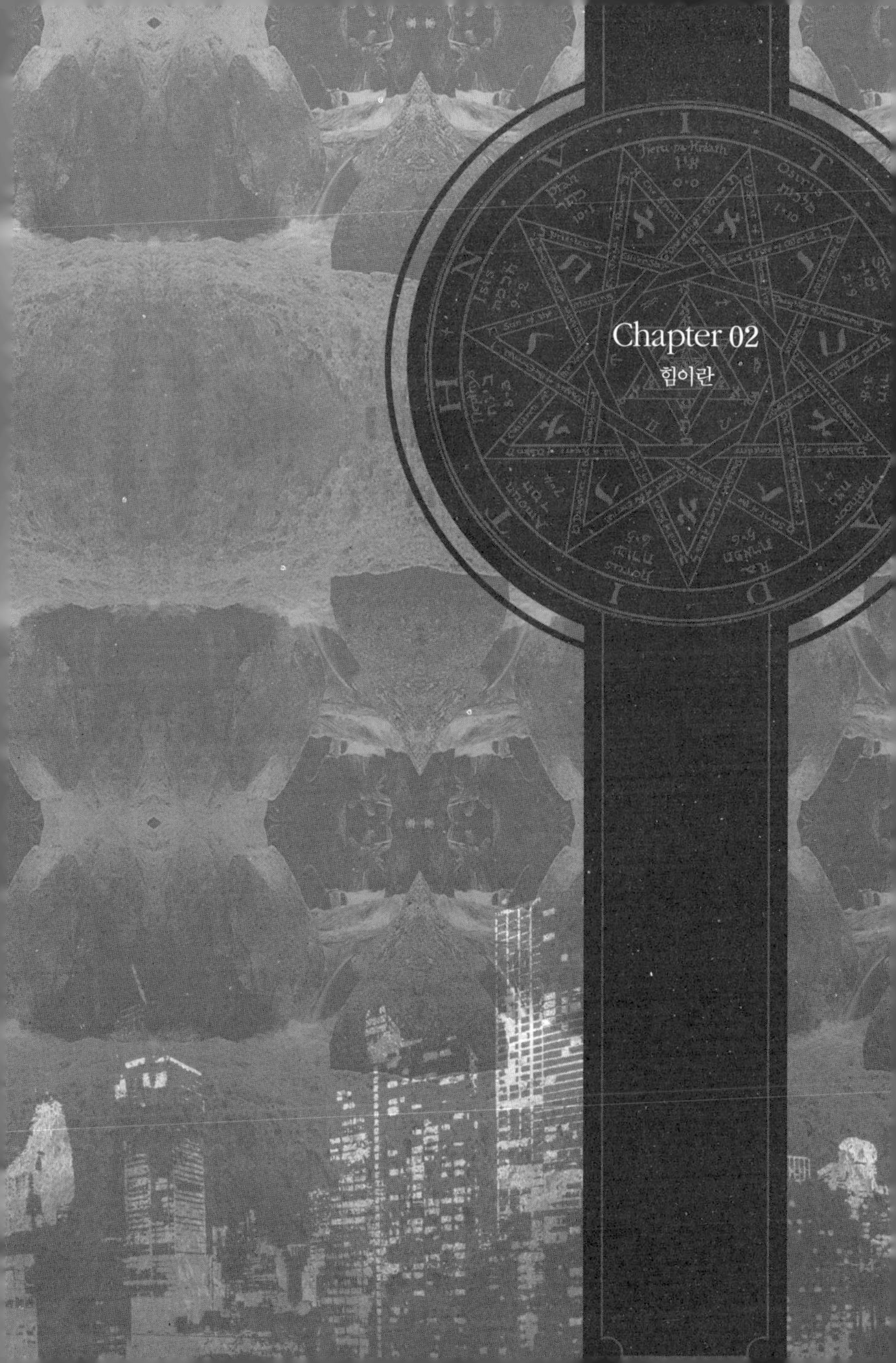

Chapter 02

힘이란

　무려 2분 동안 얼굴이 붉어질 만큼 맹공을 퍼붓고 나서 결국 사람이기에 호흡이 딸려 뒤로 물러난 것이다.

　운동이든 무술이든 호흡이 가장 중요했다. 이건 동네 태권도 도장에 다녀본 사람만 되어도 알 수 있는 일이다.

　"헉헉!"

　호흡이 부족한 지금의 데이비드는 완전 무방비 상태나 다름없었다.

　그런데 알렉산드로는 오히려 그 자리에서 가만히 서서는 양손으로 팔뚝의 먼지를 터는 듯한 시늉을 하더니,

툭툭, 툭툭.

"뭐야? 이게 끝?"

"이익!!"

알렉산드로의 도발에 데이비드는 발끈했지만 그게 전부였다.

데이비드는 자신의 힘이 어느 정도인지 의외로 냉정하게 판단하고 있는 모양이었다. 처음처럼 또 다시 달려들거나 하진 않았다.

그런 데이비드의 모습에 알렉산드로는 속으로 웃으면서,

'완전 바보는 아니군. 그래, SAS를 나왔다더니 그냥 놀러 갔다 온 건 아니었군.'

세계에서 알아주는 특수부대였다. 당연히 아무리 왕손이라고 해도 훈련을 허투루 받진 않았을 것이다.

"이쯤에서 포기?"

알렉산드로는 데이비드의 눈빛을 보면서 아직 포기하지 않았다는 것을 알고 계속 도발했다. 이미 데이비드의 공격은 모조리 알렉산드로의 눈을 벗어나지 못하고 있었고, 그 증거로 2분 동안 그 엄청난 맹공을 아무렇지도 않게 막아냈으니 말이다.

하지만 기사라는 자들은 쓰러져도 패배를 인정하는 않는 참으로 골치 아픈 녀석들이었다.

알렉산드로도 그걸 잘 알고 있기에 도발하고 있는 것이다. 자신의 모든 힘을 쏟아붓게 만들고 나서 철저하게 힘으로 뭉개 버려야 다시는 기어오를 생각을 하지 않는다는 것을 잘 알고 있기 때문이다.

스페츠나츠 안에서도 제법 힘 좀 쓰고 날고 긴다는 녀석들이 있었다. 하지만 그런 녀석들을 모두 잠재우고 스페츠나츠의 최고 군인으로 인정받은 자가 알렉산드로다. 그는 그런 녀석들을 어떻게 다뤄야 하는지 정도는 이미 알고 있었다.

"어림도 없는 소리!!"

다시 알렉산드로를 향해 달려드는 데이비드의 움직임에 처음처럼 날렵하거나 날카로운 맛은 거의 사라지고 없었다.

오직 빠르기만 남았을 뿐. 체력이 벌써 바닥나기 시작했다는 증거가 나타나기 시작한 것이다.

투닥, 투닥, 투닥, 투닥, 투닥!!

또다시 일방적인 데이비드의 공격이 이어졌다. 이번에도 두 명의 데이비드가 공격하는 듯 사방에서 알렉산드로를 향해 공격했지만 역시나 그의 손에 막히거나 흘려져 버렸다.

"헉헉… 헉헉……."

두 번째 공격은 처음과 달리 2분은커녕 30초 만에 벌써 주먹이 흔들리는 데이비드였다. 그걸 느낀 알렉산드로는 입가에 미소가 크게 번지더니,

“뭐, 이게 한계군. 그럼……."

퍽!!

“크억!!”

갑작스럽게 소나기처럼 쏟아지는 데이비드의 주먹 사이로 전광석화처럼 알렉산드로의 주먹이 정확하게 데이비드의 가슴을 때렸다.

주르륵!

갑판의 바닥에서 그대로 미끄러지듯 뒤로 밀린 데이비드는 자신의 가슴을 양손으로 움켜쥐고는 쓰러지지 않으려고 노력했다. 하지만 무릎을 꿇는 것만큼은 어떻게 할 수 없는지 결국 한쪽 무릎을 꿇고 힘겹게 알렉산드로를 바라봤다.

“애송이군. 기사라는 허울을 뒤집어쓴 애송이 말이야.”

거침없는 알렉산드로의 독설에 데이비드는 뭐라고 할 말이 없었다.

이미 첫 번째 자신의 맹공이 전혀 효과가 없을 때 어렴풋이 느낀 게 있었다. 마치 마리아를 상대로 대련을 했을 때와 같은 기분을 느낀 것이다.

마리아와 몇 번의 대련을 해본 데이비드는 알렉산드로의 말도 안 되는 무력과 능력을 체감하고 있었다.

마스터.

데이비드는 알렉산드로가 마스터라고 단정 지은 것이다.

아니, 어쩌면 그래서 더욱 악착같이 덤볐을지도 모른다. 자신이 그토록 되고 싶었던, 오르고 싶었던 경지이니 말이다.

하지만 역시나 현실은……

"쿨럭!"

막혔던 숨이 트이는 듯 데이비드는 가슴이 정상으로 돌아오자 다시 일어섰다.

"당신, 마스터군요."

알렉산드로는 데이비드의 말에 웃는 얼굴로 고개를 끄덕였다.

마나석으로 만들어지긴 했지만 마스터는 마스터였으니 말이다. 뭐, 마리아와 다른 마스터들처럼 자연산은 아니지만 말이다.

"치잇! 역시……"

느낌이 맞았다는 것이 기쁘면서도 동시에 마스터에게 자신은 여전히 어린애밖에 되지 않는다는 것에 데이비드는 화가 났다.

"계속할까?"

"그만두겠소. 당신이 봐주고 있다는 걸 내가 모르고 있다고 생각하진 않을 테니."

"크크큭. 뭐, 솔직히 왕실 핏줄을 건드려서 나도 좋을 게 없거든. 얽혀 있는 입장이라 말이야, 지금은."

　딸의 병을 치료하기 위해서 마리아에게 신세를 지고 있는 상황이라 영국과 마찰을 일으켜서 좋을 게 없었다.

"역시 또 이놈의 핏줄, 핏줄, 왕실의 핏줄 타령."

　데이비드는 알렉산드로의 말에 오히려 화를 내면서 고개를 획 돌려 그대로 선실 안으로 들어가 버렸다.

"뭐야, 저 녀석?"

　알렉산드로는 갑자기 결투 도중에 선실로 들어가 버린 데이비드의 행동에 어깨를 으쓱거리면서 바텐을 바라봤다. 그러자 바텐도 지금 같은 경우는 처음이라 잠시 생각하는 듯하더니,

"뭐, 마스터를 상대로 백날 해봐야 결과는 같을 테니까. 알렉산드로의 승리!"

　바텐은 그대로 알렉산드로의 승리를 선언했다.

"왕실의 핏줄한테 빚을 지워두는 것도 좋겠지. 나중을 위한 보험으로 말이야."

　알렉산드로는 이번 결투 자체가 득이면 득이지 실이 된 것은 하나도 없었다.

　하지만 그런 모습을 지켜본 마리아는 데이비드가 들어가 버린 선실을 잠시 바라보다가 한숨을 내쉬었다.

　현중이 슬쩍 한마디 했다.

"남자란 때론 스스로 이루는 것이 필요할 때가 있는 법입

니다.”

“현중 씨는 이해하나요?”

여자라서 그런지, 아니면 이미 마스터에 올라 스스로의 길을 개척해서 그런지 마리아는 데이비드의 행동이 도무지 이해가 되지 않았다. 하지만 뜻밖에도 현중이 어느 정도 이해하는 듯한 말을 하자 조금 놀랐다.

데이비드와 그리 친하지도 않았으니 말이다. 오히려 데이비드가 현중을 향해 으르렁거린다고 해야 할까?

“모든 걸 떠나 같은 남자라서 이해가 된다고 해야 할까요? 나도 저렇게 무기력한 적이 있었으니까요.”

“네에?”

현중의 말에 마리아는 놀라면서,

“현중 씨가 무기력한 적이 있었어요?”

마리아는 도저히 상상이 가지 않는 말이었다. 하지만 현중은 왜 그러냐는 듯 마리아를 보면서,

“태어날 때부터 마스터인 사람은 없습니다. 저도 마찬가지고요.”

“…뭐, 그렇긴 하지만… 그래도…….”

마리아는 그래도 현중의 능력은 사기라고 말하고 싶은 걸 겨우 참았다. 마리아 자신도 베이스퍼의 가르침과 자신의 노력, 그리고 핏줄의 재능까지 해서 겨우 마스터의 경지에 올랐

는데 현중은 비슷한 나이에 이미 지구상 최강의 생물이라는 별명을 얻었다.

거기다 마음대로 지구의 어디든지 이동할 수 있는 이상한 능력까지 가지고 있지 않는가?

누가 봐도 현중의 능력은 사기였다.

"아무리 재물이 많고 능력이 많아 보여도 그것이 자신의 힘으로 이루어진 것이 아니라면 그저 허울 좋은 껍데기일 뿐이라는 것을 마리아 씨도 알고 있지 않나요? 그래서 마스터에 올라 스스로의 길을 걸어가고 있는 것이지 않나요?"

현중의 되묻는 질문에 마리아는 고개를 끄덕였다.

여자로 태어났지만 스스로 길을 개척하고 싶고 자신의 능력과 힘으로 무언가 해내고 싶은 것은 같았으니 말이다. 영국 왕실을 비호하는 바로슈 가문의 능력을 제외하고 자신만의 무언가를 가지고 싶었던 것이다.

그 어린 나이에 베이스퍼를 만나는 행운을 얻었고, 그로 인해 기사로서 눈을 뜬 마리아였다.

즉, 인생의 터닝 포인트가 바로 베이스퍼와 갓 일곱 살이던 마리아의 만남이었던 것이다.

"다를 거 없습니다. 왕실의 핏줄이라는 비호를 받고 있는 데이비드나 바로슈 가문의 비호를 받고 있던 마리아나 결국은 같은 사람이라는 거죠. 그리고 원하는 것도 같고요."

스르럭.

그렇게 한마디 하고는 자리에서 일어난 현중은 슬쩍 마리아를 내려다보고는 다시 선미로 옮겨갔다.

언제나처럼 조용히 바다를 바라보면서 말이다.

"나와 원하는 것이 같다……. 그럼 데이비드는… 내가 아니라 마스터가 되는 것이 목적이라는 거군요. 나와 같은."

마리아는 현중의 말을 듣고서야 왜 데이비드가 왕가의 핏줄이라는 말에 그렇게 흥분하면서 선실로 들어가 버렸는지 조금은 이해가 되었다.

마리아는 이미 스무 살에 마스터의 경지에 오른 경이적인 기록을 가지고 있다.

데이비드는 아마 자신도 그러리라고 생각했을 것이다. 하지만 이미 늦어버렸다. 마스터는커녕 마스터에 오른 마리아를 상대로 몇 합도 겨루지 못하는 실력은 그대로였다.

"에휴, 그래도 역시나 짐 덩어리인 것은 변함이 없군요."

그래도 결국 짐은 짐이었다.

트러블이나 일으키고 알게 모르게 사고를 치고 다니는 말썽꾸러기 말이다.

*　　*　　*

저벅저벅.

느긋하게 선미에 앉아 있는 현중의 얼굴에 슬그머니 그림자가 드리웠다. 현중이 슬쩍 눈을 떠보니 데이비드가 서서 그를 내려다보고 있었다.

"뭐지?"

현중은 무관심한 척 슬쩍 물었다. 시선은 여전히 넓은 바다를 바라보고 있었다.

"현중 너, 강하냐?"

"나?"

뜬금없는 질문이었다. 현중이 슬쩍 데이비드를 보았더니, 그는 이미 옆에 엉덩이를 붙이고 앉아 있었다.

"그래. 알렉 씨의 말을 들어보니 너 완전 괴물이라고, 마스터인 알렉 씨도 고개를 흔들던데 말이야."

씨익~

현중은 말없이 웃더니 고개를 돌려 바다를 바라봤다.

그러자 데이비드도 입을 다물고 현중과 시선을 같이했다.

그렇게 한 10분가량 서로 바다를 바라보다가 데이비드가 먼저 입을 열었다.

"강한 게 뭘까?"

데이비드는 그냥 막연히 머릿속에 떠오르는 단어를 그냥 내뱉었을 뿐이다. 그런데 뜻밖에도 현중의 목소리가 들렸다.

“누구에게도 지지 않는 힘, 누구에게도 꺾이지 않는 힘, 누구에게도 굴복하지 않는 힘, 그리고 마지막으로 혼자서 그 어떤 힘 앞에서도 당당할 수 있는 힘이겠지.”

“풋푸푸푸, 하하하! 그게 가능하다고 생각해?”

데이비드는 현중의 말에 오히려 박장대소를 했다.

“왜 그렇게 생각하지?”

현중은 오히려 그런 데이비드가 이상한 듯 물어보자 데이비드는 당연한 걸 왜 물어보냐는 듯,

“개인이 아무리 강해봐야 결국 개인이야. 군대를 상대로 어떻게 할 수 없는 법이지. 물론 베이스퍼넘이라면 어느 정도 이야기가 달라지긴 하지만 현중이 말한 것처럼 혼자서 그 어떤 힘 앞에서도 당당할 수 있는 힘은… 아닌 것 같다.”

지극히 상식적인 이야기였다, 데이비드가 한 말은. 하지만 현중은 그런 데이비드를 잠시 바라보더니 자리에서 일어섰다.

“내 말에 기분이 상한 거야?”

데이비드가 순간 자신이 너무 크게 웃었다는 생각에 한마디 했다.

“아니. 한번 보고 싶지 않아? 내가 말한 강함이 어떤 건지 말이야.”

“응?”

갑자기 강함이 뭔지 보고 싶지 않느냐니? 무슨 말인지 이해가 가지 않는 데이비드였다. 하지만 현중은 그런 데이비드의 손을 잡더니,

"여기서 난리치면 마리아 씨가 눈을 부라리면서 쫓아올 테니 자리를 옮기지."

"무슨… 말을? 헛!"

데이비드가 뭐라고 말을 하기도 전에 탐험선의 선미에서 현중과 데이비드는 사라져 버렸다.

마치 바람에 녹아들 듯 말이다.

현중과 데이비드가 사라지고 나서 아무도 없던 허공이 살짝 흔들리면서,

[저 괴물이 데이비드를 데리고 사라졌는데 어쩌지?]

[설마 무슨 일이 있겠어? 우선 기다려 봐. 나도 도무지 흔적을 찾을 수가 없어, 지금은.]

비밀리에 데이비드를 보호하고 있던 녀석들이 몇 마디 했지만 곧 잠잠해졌다.

최소한 현중이 적은 아니었으니 말이다.

"허어억……!"

가쁜 숨을 몰아쉬면서 데이비드가 주변을 둘러보더니 벌떡 일어섰다.

"여긴… 어디… 야?"

"탐험선에서 조금 멀리 떨어진 작은 섬이야. 탐험선에서는 보이지 않을 거야. 워낙 멀어서."

별것 아니라는 듯 대수롭기 않게 말하는 현중과 달리 데이비드는 화들짝 놀랐다. 그는 현중에게서 떨어져 뒷걸음질을 치기 시작했다.

"너, 너, 너, 사람이냐? 어떻게 순간적으로 이렇게 이동할 수… 있단……."

"나? 사람이지. 그리고 말했잖아. 내가 말한 강함이 어떤 건지 보고 싶지 않느냐고 말이야."

"그게 무슨……?"

아직도 현중이 무슨 짓을 하려는지 이해가 가지 않는 데이비드는 얼떨떨한 모습이었다.

"우선 첫 번째, 누구에게도 꺾이지 않는 힘, 어떤 건지 궁금하지 않아?"

"그야… 궁금하긴 하지만……."

얼떨결에 현중의 페이스에 말려들어 버린 데이비드였다.

화르르륵!!

갑자기 현중의 몸 안에서 푸른빛이 쏟아져 나오더니 하늘 높이 치솟아 올랐다. 그 빛은 크진 않지만 그렇다고 작지도 않은 섬의 모든 것을 휘감아 버렸다.

“이, 이건……!!”

데이비드는 자신의 눈에 똑똑히 보이는 푸른 바람의 물결을 보았다. 따스하면서도 친근한, 하지만 그만큼 광폭하면서도 강한 힘이 느껴지는 엄청난 마나의 회오리를 말이다.

“마스터가 부럽다고 했지? 하지만 마스터란 건 겨우 시작을 위한 한 걸음을 내딛는 것일 뿐이야. 최소한… 이 정도는…….”

화르르륵!!

마나의 소용돌이가 더욱 강하게 섬을 휘감아 돌면서 마치 하늘을 뚫어버릴 것처럼 치솟아 오르기 시작했다.

수풍!!

현중이 내뿜은 마나의 회오리가 흐르던 구름을 갈기갈기 찢어버렸다. 하늘 끝까지 솟아오른 마나는 한순간 사방으로 흩어지더니, 마치 처음부터 없었던 것처럼 사라졌다.

그걸 두 눈으로 지켜본 데이비드는 완전히 넋이 나가 버린 표정이다.

“데이비드.”

“…응? 아, 응.”

눈은 여전히 멍한 상태였지만 그래도 기절하지 않은 것만으로도 칭찬해 줄 만했다. 역시나 마스터를 향해 몇 번이나 대련 신청을 한 고집과 끈기가 도움이 되긴 했다.

"우선은 내가 보여줄 수 있는 첫 번째 힘이야. 그리고 두 번째 힘은……."

현중이 아무런 장비도 없이 해변의 바다를 향해 그대로 걸어 들어갔다. 그런데,

"헉!!"

바다 위를 걸어서 가고 있는 것이 아닌가?

"이건 좀 약하지?"

데이비드는 물 위를 걷는 모습만으로도 입이 벌어져 침을 흘리고 있었다. 하지만 현중은 오히려 약하다고 말하며 마나를 활성화시켜 사방으로 퍼뜨렸다.

그의 마나가 점차 주변 바다를 바깥으로 밀어내기 시작했다.

슈아악!!

마치 성서에 기록된, 모세가 바다를 가르는 모습처럼 현중의 사방으로 10미터 반경의 원형으로 바다가 갈라져 버린 것이다.

"……."

데이비드는 턱이 빠진 듯 더 이상 말을 못했다.

"이 정도면 군대 정도는 상대할 만하지? 최소한 말이야."

끄덕끄덕.

데이비드는 자신도 느끼지 못하는 듯 무의식적으로 고개

를 끄덕였다.

"그 외에도 많긴 한데 이곳은 주인이 따로 있는 곳이라 더 이상의 능력을 보여주는 건 나중으로 미루지."

치우천왕이 머물고 있는 곳이다. 현중에게는 스승이다. 그런 그가 머물고 있는 곳을 힘 자랑 한다고 무작위로 파괴해 놓을 수는 없는 법 아닌가?

거기다 사조성을 배워야 하는 현중은 대충 이 정도에서 마무리하기로 했다.

하지만 데이비드에게는 이미 이것만으로도 엄청난 충격이었다.

물론 베이스퍼나 마리아와 알렉산드로가 봤다면 아마 바짓가랑이를 붙잡고 가르쳐 달라고 난리쳤을 테지만 데이비드는 자신을 감싸던 것이 마나였다는 것도 모르고 있는 듯했다.

하지만 본능적으로 마나가 어떤 건지는 대충 느끼고 있는 눈치였다.

일정 이상의 경지에 이른 무술가나 검술가 등이 마스터에 오르는 것은 지극히 힘들다. 하지만 생각을 조금 비틀어보면 또한 쉽기도 했다.

마스터에 오르는 핵심은 바로 마나였다. 마나를 느끼고 자신의 것으로 만들어 자유자재로 조정해서 인간의 능력을 벗어난 힘을 발휘하는 것, 그게 마스터인 것이다.

그리고 현중은 일부러 자신의 마나를 최대한 중첩시켜서 사방으로 퍼뜨리는 척하면서 데이비드와 접촉을 시켜봤다.

그러자 뜻밖에도 현중의 마나를 접한 데이비드는 본능적으로 마나를 품으려고 한 것이다.

그 누가 가르쳐 주지도 않았는데 본능적으로 마나가 자신에게 필요하다는 것을 마치 알고 있다는 듯 현중의 마나를 품으려고 했다.

물론 실패했지만 말이다.

“……”

현중이 보여준 무위는 결코 평범한 사람들이 강하다고 느낄 수 없는 것이었다. 바다 위를 걸어 다니는 것은 신기한 것이지 그게 강하다는 기준은 아니었으니.

하지만 데이비드의 눈에는 희미하게나마 보였다.

현중의 몸에서 파동처럼 뻗어나온 마나가 그를 바닷물 위에 떠 있게 만들었다. 지속적으로 바닷물과의 반탄력을 만들어내 밀어낸 것이다.

엄청난 농도의 마나를 접한 데이비드는 반강제적으로 감지 능력을 깨우쳤다고 볼 수 있는 상황이었다.

이것이 현중이 의도한 것이다.

만약에 여기서 데이비드가 마나에 대한 것을 깨우치지 못한다면 그게 데이비드의 한계였다. 결코 평생 마스터에 오르는 기적은 경험해 보지 못할 것이다.

하지만 만약에 깨우쳤다면 마스터를 향해 크게 한발 내딛는 기연을 얻을 수도 있었다. 모든 것은 데이비드가 하기 나름인 것이다.

'역시 내가 본 오라의 특성이 맞군.'

현중은 데이비드가 마음에 들어서, 데이비드를 위해서 이렇게 자신의 마나를 사용해서 데이비드에게 마나를 반강제적으로 깨우치게 해준 것이 아니다. 오로지 자신이 확인한 오라의 특성을 좀 더 정확하고 자세하게 확인하고 싶었을 뿐이다.

데이비드의 반응과 결과를 놓고 봤을 때 대만족이었다.

현중은 계기만 주었을 뿐 그 행운을 잡은 것은 오로지 데이비드 스스로의 능력이라고 할 수 있었다.

털썩!

갑자기 데이비드가 현중을 향해 엎드렸다.

"……?"

현중이 데이비드의 행동에 고개를 갸웃거리자,

"가르쳐 줘. 아니, 가르쳐 주십시오."

"뭘?"

"마스터가 되는 길, 가르쳐 주십시오."

현중은 설마 그 자존심 높은 데이비드가 스스럼없이 무릎 꿇고 엎드릴 줄은 생각도 못했다. 하지만,

“그건 미안하지만… 안 돼.”

“네?”

데이비드는 현중의 말에 놀란 표정으로 올려다보면서,

“왜 안 되는 겁니까? 저에게 당신의 능력을 보여준 것은 제가 배우고 싶다는 마음이 들게 하기 위한 것이 아닙니까?”

어떻게 보면 그렇게 생각할 수도 있지만 아니었다. 때마침 데이비드가 마스터에 오르기 전에 기사들이 보이던 오라를 보였기에 시험했을 뿐이다.

현중은 자신의 기준에서 이기적으로 데이비드를 시험한 것이다. 물론 데이비드가 싫거나 마음에 들지 않는 것은 아니다. 만약에 데이비드가 마나를 느낄 수 있게 된다면 분명히 이런 결과가 나오리란 것도 어느 정도는 예상했다.

하지만 현중이 데이비드를 가르칠 수는 없었다.

첫째로, 현중은 책을 통해 독학으로 스스로 깨우쳐 배운 치우천황무밖에 아는 것이 없었다.

즉, 체계적으로 누군가를 가르쳐 본 적이 거의 없다시피 했다. 대륙에 있을 때도 누군가를 지도하긴 했지만 본격적으로 제자를 거둬서 가르친 것은 단 두 명이 전부다.

하지만 결과는 모두 죽어버렸다. 마족과의 싸움에서 말이다.

그때 현중은 알게 되었다. 사람이란 때론 자신의 능력을 넘어서는 힘이 오히려 스스로를 파괴한다는 것을 말이다.

현중은 드래곤과 생활하면서 스스로의 가치관과 함께 드래곤의 가치관을 함께 자연스럽게 익혔다. 그렇기에 힘을 가지는 자의 책임과 그 무게를 어느 정도 느끼고 있었다. 당연히 조율자인 드래곤의 사고방식을 터득한 현중은 힘을 사용할 줄 알았지만 현중이 과거에 대륙에 있을 때 가르친 두 명의 제자는 아니었다.

치우천황무는 엄청난 무공이다. 치우천왕이 마족을 상대로 만든 무공이니 당연히 그 무공의 탄생부터 완전 틀을 달리하기 때문이다. 오로지 파괴와 마족의 소멸을 위해 만들어진 무공이 바로 치우천황무였다.

정신체인 마족을 소멸시킬 정도의 위력을 가진 무공을 인간이 사용한다? 결코 인간에게 허락되어서는 안 되는 무공이 바로 치우천황무였다.

하지만 카일라제의 장난으로 치우천황무는 탄생을 했고, 치우천왕의 힘을 현중이 이어받았다.

사실 현중은 치우천황무를 대륙에 어느 정도 남겨볼까 하는 생각에 제자를 거둬들였었다.

하지만 힘의 지배를 받고 힘에 휘둘리는 제자와 반대로 자신의 힘에 겁을 먹고 오히려 움츠러드는 모습을 볼 때마다 후회를 했다.

　인간에게 허락해서는 안 되는 힘.

　이것이 현중이 치우천황무에 내린 결론이었다. 그러니 당연히 데이비드의 부탁을 들어줄 수 없었다.

　"제발 저를 마스터로 만들어주세요!! 제발!!"

　데이비드는 마나를 느끼게 되자 더 이상 앞뒤 가릴 것이 없었다.

　그동안 필사적으로 손에 쥐고자 했던 것이 아닌가?

　강해지고 싶었다. 왕가의 핏줄이 아닌 스스로의 힘으로 누구에게나 당당하고 싶었다.

　여왕의 비호? 왕가의 핏줄? 똑똑한 머리? 그게 무슨 소용이란 말인가?

　정치권에서 어린 시절부터 자라온 데이비드는 본능적으로 알고 있었다.

　강한 힘, 그 누구도 어떻게 할 수 없는 강한 힘이 필요했다.

　권력, 재력은 한낱 신기루에 불과하다. 정권이 바뀌고 여왕이 바뀌면 자신을 비호해 주는 여왕도 언젠가는 죽을 것이다. 그럼 그걸로 땡이었다.

　그리고 그렇게 강한 힘이 뭔지를 찾아 헤매던 와중에 마리아를 만나게 된 것이다.

　압도적인 무력, 압도적인 강함, 스스로의 힘으로 올라선 영국의 검이라는 칭호.

　마리아의 모든 것이 데이비드에게는 선망이자 기필코 자신도 가져야 할 힘 중 하나라고 생각했다. 그리고 매달린 수련의 고행은 사람을 180도 바뀌게 만들었다.

　무언가 목표가 생기면 그 순간부터 남자는 어른으로 성장하게 되는 법이다. 데이비드는 주위의 걱정에도 강해지는 방법이라면 무엇이든 가리지 않고 배우고 익혔다.

　하지만 육체가 강해질 뿐 마스터로 가는 길은 전혀 보이지 않았다. 그 목마름이 거의 절정에 달해 있는 지금, 그는 현중으로부터 마스터가 되는 한 가닥의 희망의 끈을 발견한 것이다.

　하지만,

　'위험해.'

　현중은 데이비드에게서 너무나 일방적인, 힘만을 원하는 갈망을 보았다.

　강해지는 것과 힘을 얻는 것은 다른 것이다. 스스로 마스터에 오른 이들은 모두 하나같이 힘에 대한 집착을 버렸다. 즉, 집착을 버려야만 마스터에 오를 수 있다.

　마나란 자유로운 존재. 마나를 자신의 뜻대로 움직이려면 마나에 자신의 의지를 동기화시키는 정신이 필요했지만 데이비드에게는 그게 없었다.

　현중이 반강제로 마나를 느끼게 해준 것이 오히려 데이비드에게는 힘에 대한 갈망의 물꼬를 틔어주는 결과가 되어버린 것이다.

힘만을 원하는 자는 결국 자신의 힘에 먹혀 버린다. 이건 대륙이든 지구든 인간이 사는 곳이라면 누구든지 적용되는 불변의 법칙이다.

"미안하지만 그건 안 되겠어. 넌 아직 마스터가 될 준비가 전혀 되어 있지 않으니까."

"왜!! 내가 왜 준비가 안 되었다는 겁니까!! 왜!!"

냉정한 거절에 결국 소리친 데이비드는 악을 쓰면서까지 이유를 물었다. 하지만 솔직히 현중도 설명할 길이 없었다.

설사 설명을 한다고 해도 지금 데이비드가 그걸 이해할 리도 없었으니 말이다.

"돌아가자. 사람들이 걱정하겠다."

현중은 다시 탐험선으로 돌아가기 위해 데이비드의 손을 잡았다.

그런데,

탁!

데이비드가 현중의 손을 뿌리쳐 버렸다.

"돌아가지 않을 건가?"

"지금은… 아니야. 지금은 아니야."

데이비드는 마치 이곳에서 무언가 발견하기를 바라는 듯

섬에 남아 있기를 원했다.

현중은 그런 데이비드를 보고는 잠시 생각하더니,

"그럼 마음대로 해."

스팟!

그대로 데이비드를 섬에 남겨둔 채 사라져 버렸다.

현중이 냉정하게 사라져 버렸다. 그리고 난 뒤에 혼자 남겨진 데이비드는 온몸에 힘이 빠져 버렸다. 뭔가 허무함과 함께 알 수 없는 울분이 그의 가슴을 쥐어짜기 시작한 것이다.

털썩!

데이비드는 그 자리에 털썩 주저앉아 버렸다.

"흑흑… 흑흑… 흑흑… 젠장. 어째서 난… 안 되는 거야. 어째서 난… 어째서……."

작은 눈물로 시작된 데이비드의 울부짖음은 곧 목 놓아 우는 통곡으로 바뀌었고, 그렇게 몇 십 분간 데이비는 울기만 했다.

한편 다시 탐험선으로 돌아온 현중은 날카로운 베인의 목소리를 들어야 했다.

[도련님은 어디에 있지?]

기적 없이 들려온 질문이지만 현중은 전혀 당황하지 않았다.

“그 녀석은 혼자 생각할 게 있다고 하더군.”

[무슨 말이지?]

데이비드는 현중과 함께 사라졌다. 그런데 현중이 혼자 돌아왔다는 것은 그곳에 데이비드를 두고 왔다는 말이었다. 베인은 인상을 쓰면서 현중에게 캐물었다.

“스스로 원하기에 그대로 해줬을 뿐이야.”

한결같은 현중의 대답에 베인은 한숨을 쉬면서,

[언제 데리러 갈 거지?]

“스스로 돌아오길 원한다면.”

[…….]

정말 이 세상에 여러 가지 인간이 있지만 현중처럼 속을 알 수 없고 행동 패턴을 파악할 수 없는 사람은 처음이었다. 겉으로 봐서는 전혀 힘이 없어 보이는데, 그 안에는 끝을 알 수 없는 무력과 신비한 능력까지 갖추고 있다.

아무튼 베인의 시선에 현중은 별난 인간이었다.

[뭐, 그렇다면 상관없겠지.]

현중의 목소리에는 전혀 거짓이나 꾸밈이 없었다. 베인은 그대로 믿기로 했다.

마나의 비틀림 속에 몸을 숨기는 것 외에도 베인은 몇 가지 특이한 능력이 있는데, 그중 하나가 상대가 거짓을 파악하는 것이었다.

적이 아니다. 거짓말도 하지 않는다. 그럼 베인이 취할 행동은 오직 하나였다. 믿으면 되는 것이다.

"훗."

현중은 다시 마나의 비틀림 속으로 완전히 기척을 감춰 버리는 베인과 차일의 모습에 잠시 쓴웃음을 짓고는 바다를 바라보면서 한숨을 쉬었다.

자신의 호기심으로 인해 데이비드의 욕망에 불을 붙여 버린 것이 아닌가 하는 생각이 살짝 들었다.

하지만 그것도 잠시일 뿐. 곧 선미에 드러누워 버린 현중은,

"뭐, 자기 운명이겠지. 이겨내느냐, 아니면 끝까지 힘을 갈구하느냐 하는 건 말이야."

극도의 흥분 상태와 함께 여러 가지 복잡한 상황에 혼자 있기를 원하는 데이비드의 행동은 현중도 이해가 되었다. 자신도 차원 너머의 드래곤 레어에서 덩그러니 깨어났을 때 그와 비슷했으니 말이다.

불안감, 흥분, 그리고 공포가 한동안 현중을 지배한 적이 있었다.

어느 날 갑자기 자다 일어났는데 완전 다른 차원의 다른 공간에 와 있다면? 당연히 누구라도 똑같을 것이다.

그걸 스스로 이겨내느냐, 아니냐는 오로지 자신의 몫이

었다.

현중은 이겨냈다. 그리고 힘을 얻었다.

그럼 데이비드는?

"훗, 두고 보면 알겠지. 녀석이 바보인지 아니면 그나마 쓸모가 있는지는 말이야."

그렇게 데이비드에 대한 것을 잠시 기억에서 지워 버리려고 하다가 문득 좋은 생각이 떠올랐다.

"테른에게 맡겨볼까?"

객관적으로 현중 자신이 드래곤에게서 힘에 대한 정의와 책임을 배웠듯 데이비드도 마족인 테른에게 똑같이 배울 수 있지 않을까 하는 생각이 들었다. 솔직히 테른이나 드래곤이나 서로 속성이 다를 뿐 크게 다를 게 없으니 말이다.

"뭐, 그건 나중 일이지 우선은 일어서야 앞으로 걸어나갈 수 있는 법이니까."

현중에게 데이비드가 스스로 일어서느냐 마느냐는 크게 관심거리가 아니었다. 약간의 책임도 있으니 신경을 쓸 뿐이다.

타타타탁!

"현중 씨!"

"……?"

현중이 다시 눈을 감고 콧노래를 흥얼거리려고 하는 그때,

멀리서 마리아의 목소리가 들렸다.

"메로우가 깨어났어요."

현중의 입가에 미소가 그려졌다.

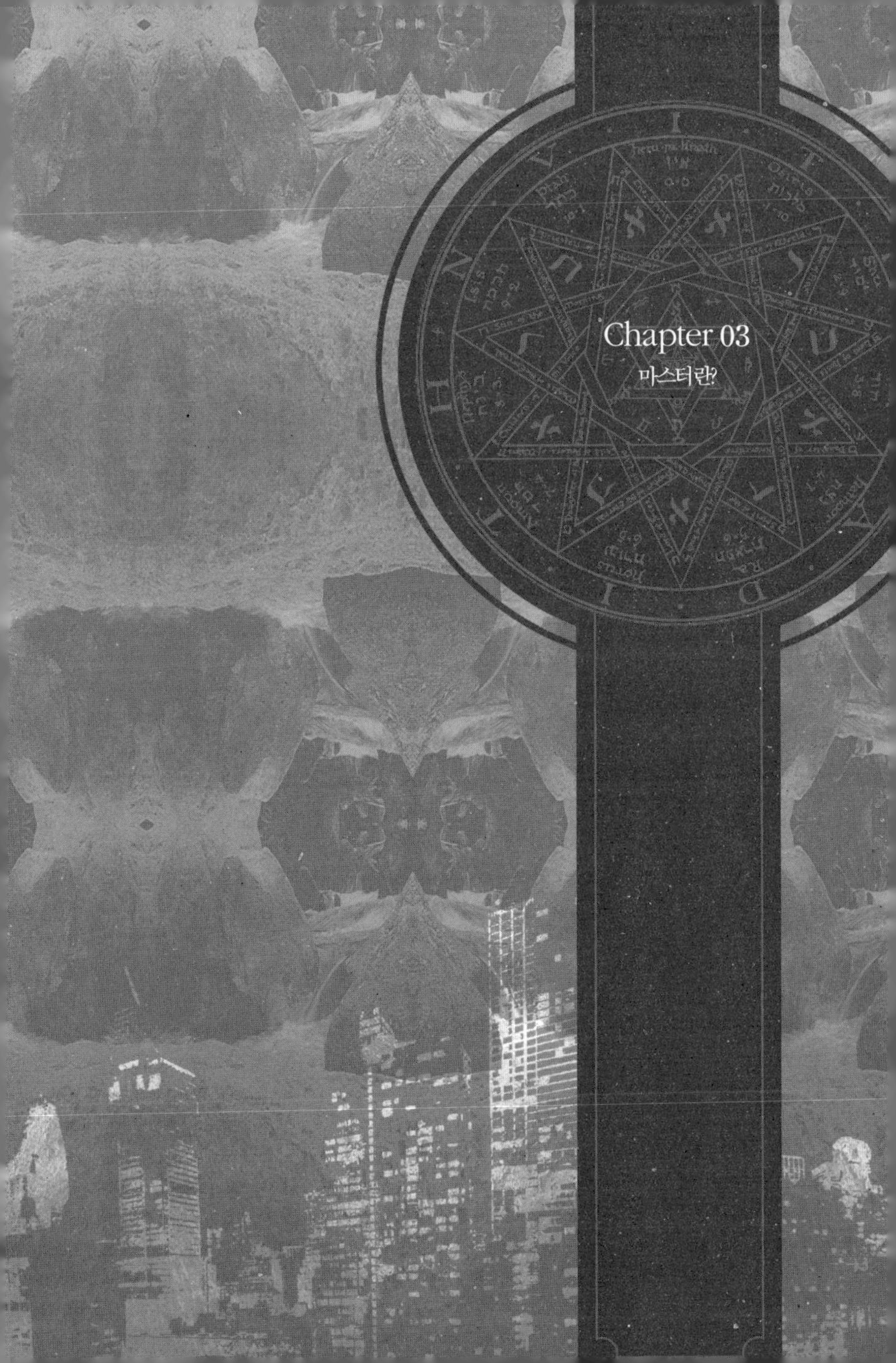

Chapter 03

마스터란?

[돌아왔군요.]

메로우가 깨어나서 가장 먼저 한 일은 밖으로 나와 주변을 살펴보는 것이었다.

[변한 게 없어요, 그때와. 다만 있어야 할 것이 없다는 것뿐.]

메로우가 말하는 것이 무엇인지 모두가 알고 있었다.

현중은 메로우의 곁으로 다가가서는 조용히 같은 곳을 바라봤다.

[메로우는 신을 원망하나요?]

현중은 알고 있었다. 아틀란티스를 바닷속으로 사라지게 만든 것이 누구인지를 말이다.

[아니요. 신의 뜻을 제가 다 알 수는 없는 것이니까요. 그리고 언젠가 신이 벌이 내릴 것이란 것을 알고 있었으니까요.]

메로우는 목소리는 조용했지만 누군가를 원망하거나 하는 그런 눈빛은 아니었다. 다만 사랑하던 사람을 잃어버렸다는 것이 슬픈 듯한 표정이 전부였다.

[그보다 아틀라스는 제가 안내할게요.]

그 말을 끝으로 메로우는 탐험선에서 뛰어내렸다. 그녀가 유유히 유영하며 바닷속으로 사라졌다.

물론 완전히 사라진 것은 아니다. 물 위로 모습을 드러내면서 위치를 알려줬고, 현중이 메로우의 마나를 느낄 수 있는 이상 잃어버릴 염려는 없었다.

마리아는 혹시나 모를 때를 대비해서 고정 부표를 서 있던 곳에 띄워 놓고는 곧바로 메로우를 따라 이동하기 시작했다.

확실히 메로우가 깨어나자 탐험선이 활기를 띠기 시작했다. 적은 인원이지만 각자 일당백의 능력은 아니지만 필요한 만큼의 능력을 발휘했기에 크게 곤란한 것도 없었다.

물론 현중은 여전히 탐험선의 선미에서 메로우의 위치를 알려주는 안내자 역할을 해주었다. GPS를 사용할 수 있는 위성도 없고 그 외 별다른 것도 없으니 결국 현중이 안내자 역할을 하기로 한 것이다.

대략 세 시간 정도 끝없이 일직선으로 이동했을 때 드디어 메로우가 멈췄다.

[여기예요.]

휘휙!!

현중은 메로우의 말이 떨어지자 곧바로 양팔을 벌려 멈추라는 신호를 보냈다. 현중이 주먹을 쥐고 팔을 뻗어 올리자 마리아의 눈빛이 바뀌었다.

“준비해요! 얼른! 최대한 빨리 처리하고 복귀해야 해요!”

이곳은 차원의 문을 통과한 상태였다. 현중이야 이곳이 치우천왕이 만든 공간이란 걸 알고 있으니 별 걱정이 없지만 그 외 다른 일행은 최대한 이곳에서 빨리 벗어나고 싶었다.

어떤 곳인지, 어떻게 생긴 곳인지 전혀 정보가 없는 곳에서 마냥 머물 수도 없으니 말이다.

거기다 해적들과의 교전으로 인해 마리아는 미국 외에도 적국에게 자신들의 행적이 노출되었다고 여기고 있었다. 꾸물거릴수록 불리해지는 것은 자신들이었다.

이미 한 번 잠수정을 타본 바텐이 올라타자 빠르게 바닷속으로 사라졌다. 그리고 역시나 똑같이 몇 시간 뒤에 올라온 잠수정은 처음과 달리 무언가 커다란 것을 가지고 있었다. 얼핏 보기에는 그냥 돌덩이 같았는데 가까이서 보니 금속이었다.

전혀 녹슬지 않고, 햇빛에 은빛을 반사시키는 것이 한눈에도 오리하르콘이라는 것을 알 수 있었다.

"보스, 아래쪽에 이런 게 깔렸던데 원하는 게 이거 맞습니까?"

바텐은 대충 설명 들은 대로 주워 오긴 했는데 우선 확인을 위해 마리아에게 물었다. 마리아는 힘차게 고개를 끄덕이면서,

"맞아요. 그보다 그 양이 얼마나 될 것 같아요?"

"음, 잠수정으로 봐서는 확실치 않지만 최소 몇 백 톤은 되어 보이던데. 거기다 모래 속에 파묻혀 있는 듯한 커다란 동상에 손가락까지 확인했으니… 대충 짐작은 가지만 파봐야 확실한 것은 알 수 있을 것 같습니다."

"영상은 녹화되었죠?"

잠수정에 달려 있는 카메라로 녹화했느냐고 물어보자 바텐은 엄지손가락을 치켜세우고는,

"당연하죠."

"좋아요. 우선 저희 선발대가 할 수 있는 것은 모두 했다고 판단됩니다. 이제 철수합니다."

마리아는 거의 커다란 냉장고 크기만 한 오리하르콘도 건졌겠다, 영상에 녹화도 했겠다, 더 이상 증거는 필요 없을 것

으로 생각하고 다시 돌아가기로 결정을 내렸다.

그런데 다들 설마 이렇게 빨리 돌아갈 것이라고는 생각지 못했는지 마리아의 결정에 놀라워하자,

"설마 모두들 이곳에서 오랫동안 제가 롱 소드로 만든 스테이크를 먹고 싶은 건가요?"

마리아가 농담 반 진담 반을 섞어 말하자 일제히 동시에 고개를 강하게 흔들었다.

"그럼 돌아갑니다. 저희는 선발대예요. 지금 아래에 깔려 있는 것을 모두 회수할 수 있는 인력도 장비도 없습니다. 그러니 저희의 임무에만 충실하면 됩니다."

"옛, 보스!"

이럴 때는 20대라는 게 믿어지지 않을 만큼 마리아는 철저하면서도 빈틈없이 사람들을 지휘하는 능력을 보여줬다.

하지만 기쁘게 돌아가려는 마리아의 발목을 잡는 것이 있었으니…….

"마리아 씨."

"네?"

현중이었다. 마리아는 좀 전의 지휘자의 딱딱한 목소리가 아닌 보통 여자의 목소리로 돌아가 대답했다.

"현중 씨, 무슨 일이에요?"

"데이비드가 올 때까지 잠시 돌아가는 것을 미뤄야 할 것

같아서요."

"네? 그게 무슨……. 데이비드라면 선실에……."

마리아가 현중의 말에 용병들을 보면서 말하자 모두 한결같이 고개를 흔들었다.

"보스, 아까 몇 시간 전부터 보이지 않습니다."

"나도 못 봤는데. 결투에서 져서 상심해 있을까 봐 가봤는데 선실 어디에도 없던데요?"

뜻밖에 데이비드가 없어졌다는 말에 마리아가 살짝 당황하자 현중은,

"그리 걱정할 것은 없습니다. 그냥 남자로서 뭔가 생각할 것이 있는지 혼자 있고 싶다고 해서 제가 잠시 다른 곳에 옮겨놨을 뿐이니까요."

"…그래요? 그럼 다행이긴 한데, 그럼 지금 데려오면 안 되나요?"

마리아는 당장에라도 이곳을 떠나고 싶은 생각이었지만 현중은 고개를 저으면서,

"남자가 무언가 결심을 하려면 시간이 조금 걸리는 법이지요. 하물며 기사로서 왕족의 피를 이어받은 데이비드가 무언가 생각할 것이 있다면 자신의 인생을 결정지을 중요한 것일지도 모릅니다. 물론 판단은 이곳의 보스인 마리아 씨가 할 문제지만 말이죠."

　현중은 은근히 바로 데리고 와달라는 말을 하지 못하도록 서론을 길게 늘어뜨렸다. 동시에 어미에 살짝 마리아가 원한다면 당장 데리고 올수도 있다는 뉘앙스도 남겼다. 물론 마리아도 그런 현중의 말에 피식 웃으면서,

　"별수 없죠. 남자로서 뭔가 스스로 생각한다면. 하지만 오래는 못 기다려요. 이곳은 저희에게 생소한 곳이라 오래 머물면 머물수록 불리할 수밖에 없으니까요."

　"그렇게 전하죠."

　현중이 말과 함께 슬쩍 자리를 피하자 마리아는 그런 현중의 뒷모습을 보면서,

　"데이비드에게 왜 관심을 가지는 건가요? 현중 씨는 모르겠지만 그는 아직 철이 들려면 시간이 더 필요한 사람인데."

　마리아가 생각하고 판단하고 있는 데이비드는 도련님이었다. 왕족의 보살핌을 한껏 받고 자란 도련님 말이다. 그러니 아직도 철이 들지 않았다고 생각하고 있는 것이다.

　어린애를 좋아할 여자는 많다. 하지만 어린애를 남자로 사랑할 여자는 없다. 그러니 데이비드가 아무리 노력해도 마리아에게는 남자로 보이지 않는 것이다.

　데이비드도 그걸 알고 있었다. 그렇기에 강해지기 위해 노력했다. 남자는 강해야 한다는 인식이 데이비드의 머릿속에 각인되어 있으니 말이다.

그런 사람들을 뒤로하고 다시 선미로 돌아와 앉은 현중의 뒤에 마나의 뒤틀림이 열리면서 목소리가 들렸다.

[도련님은 데리러 가지 않을 것인가?]

분위기를 보니 곧 떠날 것 같은데 너무나 편안한 현중의 모습이 역시나 걸린 듯 베인이 물어왔다. 현중은 뒤도 돌아보지 않고,

"남자의 생각은 시간이 걸리는 법이니까. 같은 남자로서 그 정도 편의도 봐주지 못하는 건가? 호위하는 입장에서?"

오히려 현중이 베인에게 그 정도도 참지 못하느냐고 핀잔을 주었다. 베인은 아무 말 없이 현중을 잠시 노려보다가 그대로 마나의 비틀림 속으로 몸을 감춰 버렸다.

"훗."

현중은 베인의 모습에 그냥 웃었다. 어차피 베인의 존재는 현중에게 아무런 관심거리도 되지 않았으니 말이다.

정작 현중의 머리를 복잡하게 하는 것은 다른 문제였다.

"카일라제라……. 끝까지 속을 뒤집는구나, 그 녀석은."

치우천왕의 말이 사실이라는 가정하에 카일라제는 이미 옛날부터 지구를 노렸다는 결론이 나왔다. 거기다 치우천왕을 차원 너머로 소환한 것도 카일라제였고, 물론 현중 자신도 카일라제가 데리고 왔다. 그렇다면 왜, 어째서 미래에 적이 될 수 있는 치우천왕과 현중을 굳이 차원을 넘으면서까지 데

리고 왔을까?

핵심은 그것이었다. 치우천왕도 그것만은 확실하게 말하지 않았으니 현중이 스스로 생각을 해야만 했다. 최소한 적이 무슨 생각을 가지고 있는지는 알아야 대적할 수 있으니 말이다.

"아, 이럴 때 테른만 옆에 있어도 좀 편하겠구만."

현중의 보좌 역할을 하지만 때로는 번뜩이는 생각으로 현중의 추리와 판단에 확신을 심어주는 테른의 부재가 참으로 안타까웠다. 지금은 오로지 현중 혼자 생각해야 하기 때문이다. 거기다 치우천왕이 여자라는 것도 나름 여운이 남는 충격이었다.

"크크크큭, 설마 그런 미인일 줄이야."

현중이 여자에게 그렇게 관심을 가지거나 생각하는 편은 아니지만 치우천왕이라서 그런가? 아니면 지금까지 본 여자 중에 감히 최고라고 말할 수 있는 치우천왕의 미모 때문인지 모르지만 이상하게 기억의 한편에 자꾸 떠올랐다.

"뭐, 앞으로 한동안 자주 봐야 하는 입장이니……."

이런저런 생각으로 머릿속이 복잡한 현중은 선미에 벌러덩 누워서 하늘을 보고 있었는데, 겉으로 보기에는 콧노래를 부르는 것처럼 보이지만 실제로는 수만 가지 생각이 교차하는 중이었다.

그러다 문득,

"……!"

벌떡!

누워 있다 일어선 현중은 바다를 멍하니 바라보면서 입을 벌리고 잠시 가만히 있다가 입가에 미소가 생겼다.

"매개체, 그래, 그거였어. 매개체가 필요했던 거야, 카일라제는."

막연히 테른과 자신에 대해 생각하던 도중, 한 가지 가능성이 떠올랐다.

불현듯 떠오른 그 발상은 현중의 뇌리를 강타하여, 복잡하게 꼬여 있던 카일라제와 치우천왕, 그리고 현중 자신의 관계를 한순간에 정리해 버렸다.

"그 녀석은 신이지. 신은 그 존재를 알고 있는 자가 있어야만 현신이 가능해. 그리고 현재 지구에서 카일라제의 존재를 알고 있는 사람은… 나 하나뿐, 아니, 테른까지 둘이군."

현중이 생각한 가능성은 오직 하나, 카일라제가 지구로 넘어오기 위해서는 자신의 존재를 인지하고 알고 있는 인간이 필요했다. 하지만 대륙에서 지구로 차원이동해서 넘어가 봐야 이방인이기에 매개체로서의 역할을 성립할 수가 없었다.

결국 차원을 넘어왔으니 처음부터 지구에 없었던 존재가 지구에 없는 신을 믿어봐야 헛수고니까 말이다. 그렇다면 방법은 하나였다.

"지구에서 태어나 살아온 인간이 대륙으로 넘어가 한동안 살면서 카일라제를 정확하게 알고 있는 상태로 다시 지구로 넘어간다면… 나중에 카일라제가 지구로 현신하기 위한 최소한의 준비 단계인 신을 알고 있는 존재가 성립되는 거지. 그것도 바로 내가."

한마디로 현중이 바로 카일라제가 지구로 넘어와 현신하기 위한 매개채, 즉 연결 통로가 되는 것이다.

신이란 본래 각자의 구역이 정해져 있다. 특히 주신이라는 위치에 있으면 그 구역에서는 거의 절대적인 능력을 발휘하지만 반대로 그 구역을 벗어나면 한없이 작아진다.

이례적으로 차원자는 그것에서 자유롭지만, 대신 구역이 없기에 별다른 힘이 없었다.

즉, 차원자처럼 구역을 받지 않고 자유롭게 돌아다니면서 별다른 특별한 힘 없이 여행을 하는 것을 선택하든지, 아니면 카일라제처럼 구역을 할당 받아서 그곳에서 무제한에 가까운 능력을 부여 받는 대신 다른 곳으로 이동하면 엄청난 제약이 따르는 신이 되든지, 둘 중 하나를 선택해야 하는 것이다.

그 증거로 치우천왕은 신으로 올라섰다가 차원자를 선택했다. 반대로 카일라제는 신으로 올라서서 그대로 주신으로 머물러 버렸다는 결론이다.

"처음부터… 치우천왕과 나를 대륙으로 차원이동까지 해서 소환한 것은 모두 자신이 지구로 넘어가는 발판을 만들기 위한 술수였구만."

이제야 카일라제의 속셈을 짐작하게 된 현중은 처음으로 등골이 서늘해지는 것을 느꼈다. 이로써 무슨 기상천외한 방법이 있는지는 모르겠지만 카일라제가 지구를 눈독들이고 있다는 치우천왕의 말은 확실해 보였다.

그리고 치우천왕이 신의 반열에 올라 버리는 바람에 지구로 넘어오려던 카일라제의 계획은 미뤄졌고, 결국 현중에게로 이어진 것이다.

처음부터 현중이 대륙으로 차원이동하게 된 것은 모두 카일라제가 스스로 원해서 이뤄진 것이다. 대륙을 구해줄 영웅을 찾는다거나 대륙의 미래를 위해 도움을 받기 위해서가 아니라는 것이다.

이 모든 것을 다 알고 나자 현중은 뒤통수를 살짝 맞은 듯하면서도 그동안 어째서 카일라제가 굳이 자신과 치우천왕을 차원을 열어 소환까지 하면서 대륙을 구하는 영웅을 원했는지 진실을 알게 되었다.

물론 이건 현중이 나름 추리한 결론이지만 치우천왕의 말과 그동안 의문점을 모두 잘 믹스해서 결론을 내면 거의 정확할 것이다.

거기다 현재 현중이 카일라제와 치우천왕 중 누구의 말을 믿겠는가? 당연히 치우천왕의 말이 더 신빙성 있을 수밖에 없다.

벌떡!

현중은 앉아 있던 자리에서 벌떡 일어나 그대로 바다로 훌쩍 뛰어내렸다.

찰랑~

당연히 들려야 할 풍덩 하는 소리는 들리지 않고 무언가 살짝 물 위에 닿는 듯한 소리가 났다. 현중은 그대로 바닷물 위에 편안하게 서 있었다.

[현중은 어떻게 물 위에 서 있는 거예요?]

한동안 바다가 그리운 것인지, 아니면 이곳이 아틀라스가 잠들어 있는 곳이라 미련이 남아서인지 메로우는 물속에서 나오지 않고 계속 탐험선 주변을 맴돌고 있었다. 그러다 현중이 바닷물 위에 서 있자 얼굴만 살짝 내밀고 물었다.

아무리 인어라도 물 위에 사람이 서 있는 것은 신기한 모양이다.

[그냥 제 힘의 일부라고나 할까요?]

[그럼…….]

메로우는 뭔가 생각하는 듯하더니 현중을 향해 조심스럽게 물었다.

[혹시 바닷물을 가른다든지 아니면 떨어지는 물을 다시 거꾸로 흐르게 할 수도 있나요?]

[……?]

현중은 엉뚱한 메로우의 질문에 피식 웃었다.

물론 마나를 최대한 활성화시키고 한다면 짧은 거리 정도는 바다를 갈라 충분히 길을 만들 수 있었다. 하지만 그건 정확하게 바다를 가르는 게 아니라 강제로 바닷물을 양쪽으로 밀어붙여서 공간을 만드는 것일 뿐이다.

보기에는 대단해 보일지도 모르지만 쓸데없이 마나의 소비가 많고, 거기다 빨리 지치는 단점이 있기 때문에 현중은 고개를 저었다.

[아니요, 그런 능력은 없습니다. 전 인간이니까요.]

[그래요.]

현중의 대답에 왠지 실망한 듯한 메로우는 고개를 잠시 숙였다가 곧 평소처럼 웃으면서,

[하지만 인간치고는 너무 강하지 않아요?]

[음, 뭐, 지구 최강의 생물이라는 별명이 있긴 하죠.]

확실히 객관적으로 현중은 현존하는 최강의 생물인 것은 맞았다. 현중에게 국가적인 개념은 무의미했다. 상대가 개인이든 단체든, 아니면 국가든 상관없었다.

현중에게 적으로 인식되는 순간 차원 너머 대륙에서 마족

떼거지를 상대로 단신으로 전쟁을 치렀던 현중의 진짜 힘을
보게 될 테니 말이다.

그럼 알게 될 것이다.

진정한 강자는 쉽게 화를 내지 않는다는 것을.

뭐, 그건 그때 가서 결정이 날 일이고, 지금은 일어날지 어
떨지도 모르는 미래의 일이다.

그보다 현중은 메로우의 반응이 살짝 이상했다. 엉뚱한 것
을 물어보더니 실망하는 표정까지, 뭔가 말하지 않는 것이 있
어 보인다.

[메로우.]

[네?]

[혹시 누군가 찾는 사람이나 존재가 있나요?]

현중은 메로우가 묻는 것에 뭔가 힌트가 있다는 생각에 넘
겨짚어 물었다.

[…어떻게 알았어요?]

순진한 메로우는 현중의 그냥 넘겨짚은 말에 놀라면서 알
아서 다 말하기 시작했다.

[사실 저를 이곳으로 데리고 온 분이 말했어요. 물을 거꾸
로 흐르게 할 수 있고 바다를 마음대로 가를 수 있는 존재를
만나면 제가 원하는 바를 이룰 수 있다고 했어요.]

[……?]

현중은 뜻밖의 말에 메로우에게,

[혹시 메로우를 데리고 이곳으로 넘어온 존재가…….]

현중이 치우천왕의 생김새를 설명해 주자 뜻밖에도 메로우는 고개를 흔들면서,

[아니에요. 짧은 머리의 남자였어요.]

전혀 다른 남자가 메로우를 과거 무너지는 아틀란티스에서 데리고 넘어왔다는 것이다.

현중은 당연히 이 공간을 치우천왕이 만들었고 아틀란티스의 수도인 아틀라스가 있으니 치우천왕이 자신을 끌어들이기 위해 메로우를 과거에서 데리고 넘어왔을 것이라고 생각했는데 그게 아니라는 메로우의 말에 머릿속이 다시 복잡해졌다.

'설마 또 다른 차원자가 있다는 것인가? 설마 카일라제에게 차원자가 한 명이 아니라 두 명의 협력자가?'

메로우를 치우천왕이 데리고 왔을 것이라고 막연히 생각하고 있던 현중에게는 충격이었다. 전혀 예상치도 못한 문제였으니 말이다.

'이대로는 안 돼. 치우천왕을 한 번 더 만나야겠어.'

현중은 의외로 변수가 너무 많다는 생각에 치우천왕을 한 번 더 만나기로 했다. 그대로 메로우에게 인사하고 선미로 훌쩍 뛰어 올라와 주변을 살폈다.

하지만 현중의 실력으로 치우천왕을 찾을 수 있을 리가 없었다. 그렇다고 마냥 다시 나타나 주기만을 기다릴 수도 없다. 거기다 막상 치우천왕을 다시 만나려고 하니 어떻게 만나야 하는지 전혀 방법을 생각해 보지도 않았다는 것을 깨닫게 되었다.

"하, 나도 바보로군."

이렇게 중요하면서 간단한 문제를 닥치고 나서야 깨닫게 되다니. 자신은 아직 멀었다는 것과, 한편으로는 역시나 인간이기에 할 수 있는 실수라는 생각이 동시에 떠올랐다.

결국 현중은 그 자리에 주저앉아서는 바다를 바라보면서 평소처럼 시간을 때울 수밖에 없었다.

하지만 그것도 잠시뿐, 데이비드로부터 마나의 파동이 느껴지자 현중의 입가에 미소가 그려졌다. 그저 혹시나 하는 심정으로 데이비드를 자극했고, 홀로 놔두고 혼자서 고민하도록 내버려 둔 것이 가장 좋은 결과를 만들어낸 것이다.

"완전히 바보는 아니었군."

스윽~

현중이 마나의 파동이 느껴지는 곳을 향해 고개를 돌린 채 한 걸음 내딛자 그대로 탐험선에서 사라져 버렸다.

"헉헉… 헉헉… 이게……."

데이비드는 자신이 무엇을 했는지 알 수 없었다. 눈에 보이지도 않아 정확하게 설명할 수도 없었다.

하지만 분명히 알고 있었다.

느낌이 있었고, 그것이 무엇인지 알 것 같았다.

"이게… 바로 포스, 마스터로 가기 위한… 필수 조건인 포스……."

울부짖으며 통곡하던 모습은 이미 온데간데없이 사라졌다. 손끝을 짜릿하게 자극하는 마나의 흐름이 그 억울함마저 모두 없애 버렸다.

데이비드의 눈두덩이는 마치 라면을 몇 십 개나 끓여 먹고 자고 일어난 것처럼 퉁퉁 부어 있지만 눈동자만큼은 생생하게 살아 있었다.

찌릿!

손가락 끝에서 전해지는 찌릿한 느낌은 전기에 감전된 것과는 전혀 다른 기분 좋은 느낌이었다.

꽈악!

주먹을 움켜쥐고 힘껏 정면을 향해 내지르자,

팡!

그냥 허공을 내지른 주먹에서 나오는 소리라고는 믿을 수 없을 만큼 강한 소리가 데이비드의 귓가를 울렸다.

"하하하하하! 하하하하! 드디어 된 거야! 내가 마스터가,

마스터가 된 거야!!"

지금까지 느껴본 적이 없는 엄청난 힘의 감각을 느끼자 데이비드는 감정이 복받쳐 올라서 허공에 대고 박장대소했다.

사실 데이비드는 현중이 사라졌을 당시 정말 세상이 무너지는 느낌이었다. 마치 눈앞에서 마스터가 되는 희망이 사라져 버린 것 같은 절망감이 느껴진 것이다.

사실 현중이 그렇게까지 데이비드를 일부러 자극한 것도 있었기에 데이비드가 느끼는 상실감과 실망감은 평소의 데이비드라면 절대로 느끼지 못했을 만큼 최고조에 올라 있었다.

그리고 펑펑 울었다.

정말 눈앞에 무엇이 있든 상관없이 가슴속에 그동안 응어리져 있던 것을 토해내듯 울고 또 울었다.

왕족의 피를 이어받고 여왕의 비호를 받는 존재로 태어나 자라오면서 자신이 느껴야 했던 자괴감을 모두 쏟아내듯 울고 또 울기만을 몇 시간 동안 했는지 모른다.

"흑흑… 어째서 난… 난 안 되는 거지. 어째서……."

진심으로 원하고, 자신의 힘으로 무언가 이루기를 바라고, 미치도록 노력했건만 하늘은 자신에게 허락해 주지 않았다. 그 실망감에 원망하기를 여러 번, 결국 그것이 여기서 폭발한 것이다.

남자의 눈물은 가슴 깊은 곳에서 솟구쳐 오르는 법이다. 남자는 쉽게 울지 않지만 한번 울기 시작하면 세상의 모든 것이 사라져 버린 듯 엄청난 슬픔을 쏟아내면서 우는 경우가 많다.

데이비드가 그랬다. 데이비드는 지금 세상이 무너진다고 해도 전혀 상관없을 만큼 상실감과 함께 한없이 초라한 자신을 느꼈었다.

그러다가 문득 울음이 잦아들 무렵, 몇 시간 동안 울고 있던 자신이 한심스러우면서도 바보 같다는 생각이 들었다.

"내가… 이 정도밖에 안 되는 녀석이었군. 난… 결국 왕족이라는 껍데기를 버리지 못하고 움켜쥐고서 마스터가 되기를 원했던 거야."

모든 것을 쏟아내고 나서야 비로소 자신이 어째서 그렇게 노력을 해도 마스터의 벽조차 보지 못했는지 이해가 되었던 것이다.

이건 누가 가르쳐 준다고 해서 되는 게 아니다. 순수하게 자신이 느껴야 되는 것이다. 스스로 한계를 깨닫고 그것을 뛰어넘을 준비가 되어야만 비로소 하늘은 시련이 아닌 해택을 주는 것이다.

두근!

"……?"

데이비드는 자신의 껍데기가 얼마나 바보 같은 것이었는지 깨닫고, 정말 버려야 할 것이 무엇이었는지 스스로 느끼게

되었을 때 홀가분한 기분을 느꼈다. 그리고 마스터라는 경지
가 그렇게 절박하게 느껴지지도 않았다.

그때,

두근두근!

심장이 강하게 요동치기 시작했다.

"이건……?"

데이비드는 자신의 심장이 의지를 벗어난 듯 갑자기 강하
게 가슴을 강타하는 느낌을 받았다.

잠시 후 그 심장의 울림은 전신을 강하게 때렸다.

두근!

커다란 심장 소리가 데이비드의 온몸을 흔들고 지나가듯
커다란 파문을 일으켰을 때 데이비드의 온몸이 마나를 느끼
기 시작했다.

그리고 그동안 데이비드에게 잠들어 있던 마나가 그의 의
지에 따라 아주 미비하지만 움직임을 시작했다.

심장이 피를 뿜어 온몸에 활력을 주듯 데이비드의 마나는
심장의 움직임을 따라 온몸을 돌아다니면서 조금씩 마나가
활성화되기 시작했다.

그리고 마지막으로 손끝과 발끝에 마나가 집중되자,

찌릿!

마치 기분 좋은 전기에 감전되듯 마나가 데이비드의 온몸

을 한번 훑고 지나갔다.

마나가 데이비드의 온몸에 완전하게 퍼지자 데이비드는 확실하게 지금 자신의 몸에 일어나는 변화가 무엇인지 본능적으로 알 수 있었다.

마나가 온몸의 세포 하나하나에 스며들어 살아 숨 쉬는 듯한 이 감각은 너무나 기분이 좋았다. 처음 느끼는 데이비드는 한순간 황홀경에 빠져 버렸다.

아주 찰나의 순간이지만 마치 천국에 갔다 온 듯한 행복한 얼굴의 데이비드가 감았던 눈을 떴을 때, 방금 전까지 데이비드가 보던 세상은 완전히 달라져 있었다.

팡팡!!

그냥 가볍게 내지른 주먹에 공기가 찢어지는 소리가 들렸고 움직임 하나하나가 너무나 가벼웠다. 간단하게 권투 동작을 취해 움직이자 이전까지는 온몸의 근육을 쥐어짜야 가능했던 움직임이 생각만으로도 쉽게 되자 스스로도 놀랐다.

하지만 이제 막 마나가 움직인 데이비드는 마나의 활용성도 모르고 한순간에 자신의 것을 버려서 얻게 된 작은 깨달음이기에 그런 기쁨은 오래가지 못했다.

"헉헉… 헉헉……."

대략 10분 정도 순간적으로 마스터에 가까운 능력을 가졌던 데이비드는 그대로 모래 위에 드러누워 버렸다.

　가쁜 숨을 몰아쉬면서 말이다.

　“헉헉… 헉헉… 이거였구나. 이게… 이게 바로 포스의 힘이야.”

　그냥 눈으로 보는 것과 직접 마나가 활성화돼서 자신이 느낀 것은 하늘과 땅 차이였다.

　데이비드는 너무나도 기뻤다. 모든 것을 잃어버렸다고 생각하는 순간 가장 절실하게 원하던 것을 움켜잡을 수 있었으니 말이다.

　물론 미완성의 상태라고는 하지만 그건 차차 완성시키면 되는 문제였다.

　“하하하하하! 하하하하! 성공했어!! 성공했어!!”

　모래 위에 드러누운 채 데이비드는 한참을 조금 전에 울던 곳에서 큰 소리로 웃었다.

　“나름 반은 성공한 듯하군.”

　“……!!”

　시원하게 웃으면서 기쁨을 만끽하던 데이비드는 자신의 머리 위에서 들리는 목소리에 벌떡 일어섰다.

　그곳에 현중이 조용히 바위 위에 걸터앉아서 데이비드를 보며 싱긋 웃고 있는 것이 아닌가?

　“……”

　데이비드는 현중을 한동안 집중해서 바라보다가 그대로

벌떡 일어서더니, 온몸에 묻은 모래를 정성껏 털어내고는 현
중의 앞으로 다가갔다.

털썩!

그대로 무릎을 꿇고 머리까지 숙였다.

"고맙습니다."

현중은 그런 데이비드의 모습에 씨익 웃으면서 짐짓 모른
척했다.

"난 그냥 계기만 줬을 뿐이야. 움켜잡은 건 모두 너의 힘이
지."

거짓말은 아니다. 현중은 그저 자신의 호기심을 위해서 계
기를 만들어주고 적당한 장소와 자극만 줬을 뿐이다. 결과적
으로 최상의 결과가 나왔지만 거의 80%는 데이비드 자신의
힘으로 이뤄낸 것이다.

하지만 데이비드는 그렇게 생각하지 않았다.

현중이 아니었다면 자신은 아직도 왕족의 껍데기를 벗어
버리지 못하고 마스터를 향한 욕심으로 갈망하고 있을 게 뻔
했다.

정말 모든 것이 무너져 내리는 슬픔을 겪은 적이 없는 데이
비드에게 현중의 자극은 인위적이든 아니든 가장 중요한 계
기가 된 것은 사실이었으니 말이다.

그리고 마나를 느끼게 되고 쓸데없는 껍데기를 버리자 현

중을 바라보는 데이비드의 시선도 완전히 달라졌다.

은혜를 받았으면 은혜로 갚아야 하는 법이다. 하물며 기사인 데이비드는 자신의 모든 것을 걸어도 좋을 만큼 가장 원하던 것을 현중에게 받았으니 고개 숙이는 것은 오히려 당연했다.

"상관없습니다. 최소한 전 은혜가 뭔지는 아는 녀석입니다."

고개를 숙인 채 말하는 데이비드는 목소리도 완전히 달라져 버렸다. 그 모습에 현중은 만족한 듯 웃었다. 보통 마스터는 무언가 깨달은 사람이 올라서는 것이 필수다. 그리고 깨달은 사람은 마스터가 되면서 자신의 모든 것이 바뀌는 게 보통이다.

사고뭉치에 자존심만 강하던 데이비드는 자신의 껍질을 벗어버리게 되면서 정말 강한 게 무엇인지, 정말 자신에게 필요한 것이 무엇인지 스스로 느끼게 되었다. 그리고 변한 것이다.

사람이 갑자기 변하면 죽을 때가 가까워 온다는 말이 있지만 데이비드는 자신의 과거를 벗어버리기 위해서 변해 버렸다.

"어때? 좀 더 마스터의 기분을 느껴보고 싶지 않아?"

현중은 장난치듯 바위에서 내려와 엎드려 있는 데이비드

의 어깨를 슬쩍 손으로 두드리고는 지나갔다.

화르륵!!

현중은 스치듯 데이비드의 어깨를 두드렸을 뿐이지만 데이비드의 몸에 일어난 변화는 그를 벌떡 일으키기에 충분했다.

화악!!

심장의 고동 소리가 다시 느껴지면서 몸 안의 세포 하나하나가 살아 숨 쉬다 못해 금방이라도 폭발할 듯 마나가 가득 차 있는 느낌을 받은 것이다.

"이건… 도대체……."

방금 자신은 분명 마나를 모두 사용했다는 것을 알고 있다. 하지만 현중의 손이 스치고 지나가자 데이비드의 마나는 순식간에 MAX 게이지를 향해 치솟듯 가득 차버렸고, 몸 안의 세포가 숨을 쉬기 시작한 것이다.

"마스터의 길에 발을 내디딘 것을 축하하네, 데이비드. 그 의미로 덤벼!"

선 채로 손만 까딱거리며 현중은 웃으면서,

"모든 능력을 총동원해도 좋아."

데이비드는 현중의 말에 고개를 숙여 인사하고는 검은 없지만 기수식을 취하듯 가슴에 손을 모았다. 그리고 천천히 밑으로 손을 내리고는 온몸을 흔들면서 현중을 노려봤다.

더 이상 무슨 말이 필요하겠는가?

지금 데이비드와 현중 사이에는 주먹만이 모든 것을 대신할 수 있는 시간이 흐르고 있었다.

퍽!!

퍼퍼퍽!!

털썩.

"쿨럭!"

16전 16패였다.

데이비드가 현중에게 달려들어 뭔가 해보려고 했지만 마나를 활성화한 능력에도 현중의 옷자락 하나 건드려 보지 못한 것은 당연했고, 오히려 마스터의 능력을 가지게 되자 현중은 가차없이 데이비드의 온몸에 주먹을 박아 넣었다.

'은근히 이 녀석, 버틀러와 비슷한 느낌이야. 버틀러 녀석도 때려눕혀도 눕혀도 덤볐었지.'

마스터에 오르지 않은 상태에서도 데이비드의 맷집은 현중도 인정하고 있었으니 마스터에 오른 뒤에는 더했다.

퍼퍽!!

털썩!

벌떡!!

현중의 주먹에 맞아 나가떨어지면 오뚝이처럼 벌떡 일어서 다시 현중에게 덤벼드는 데이비드는 입가에는 미소가 가득했다. 기계적일 정도로 달려들고 나가떨어지는 와중에도 그 미소는 사라지지 않았다.

무려 네 개의 분신까지 만들어내면서 현중을 사방에서 포위해 공격도 해봤지만 역시나 어퍼컷 한 방에 3미터나 날아가 버린다.

그 외에도 다양한 방법으로, 할 수 있는 모든 방법으로 현중에게 달려들었지만 역부족이었다.

데이비드가 그렇게 얻어맞고도 한참을 더 덤비다가 결국 일어서지 못하게 되어서야 첫 번째 대련은 끝이 났다.

"헉헉! 정말… 인간 맞나요?"

데이비드가 웃는 얼굴로 물어보자 현중 역시 웃으면서,

"인간이 맞긴 해. 아직은."

뭔가 묘한 뉘앙스를 풍기는 현중의 대답에 데이비드는 그대로 벌러덩 누워버렸다.

"아, 더 이상은 못해. 죽어도 못해. 손가락 하나도 못 움직이겠어. 아!"

거의 탈진 상태에 가까울 만큼 온몸을 혹사했다. 하지만 데이비드의 표정만큼은 그 어느 때보다 행복해 보였다.

"돌아가야지. 마리아가 너 때문에 아직 귀환을 못하고 있으니까."

"그래요? 그럼 돌아가야……."

데이비드는 말을 하다가 소리가 잠잠해졌다. 현중은 무슨
일인지 싶어 엎어진 그를 살폈다가 피식 웃어 버렸다.
　코피 범벅에 온몸이 멍투성이인 채로, 그렇지만 묘하게 웃
는 얼굴인 채로 그는 탈진해 잠들어 있었다.

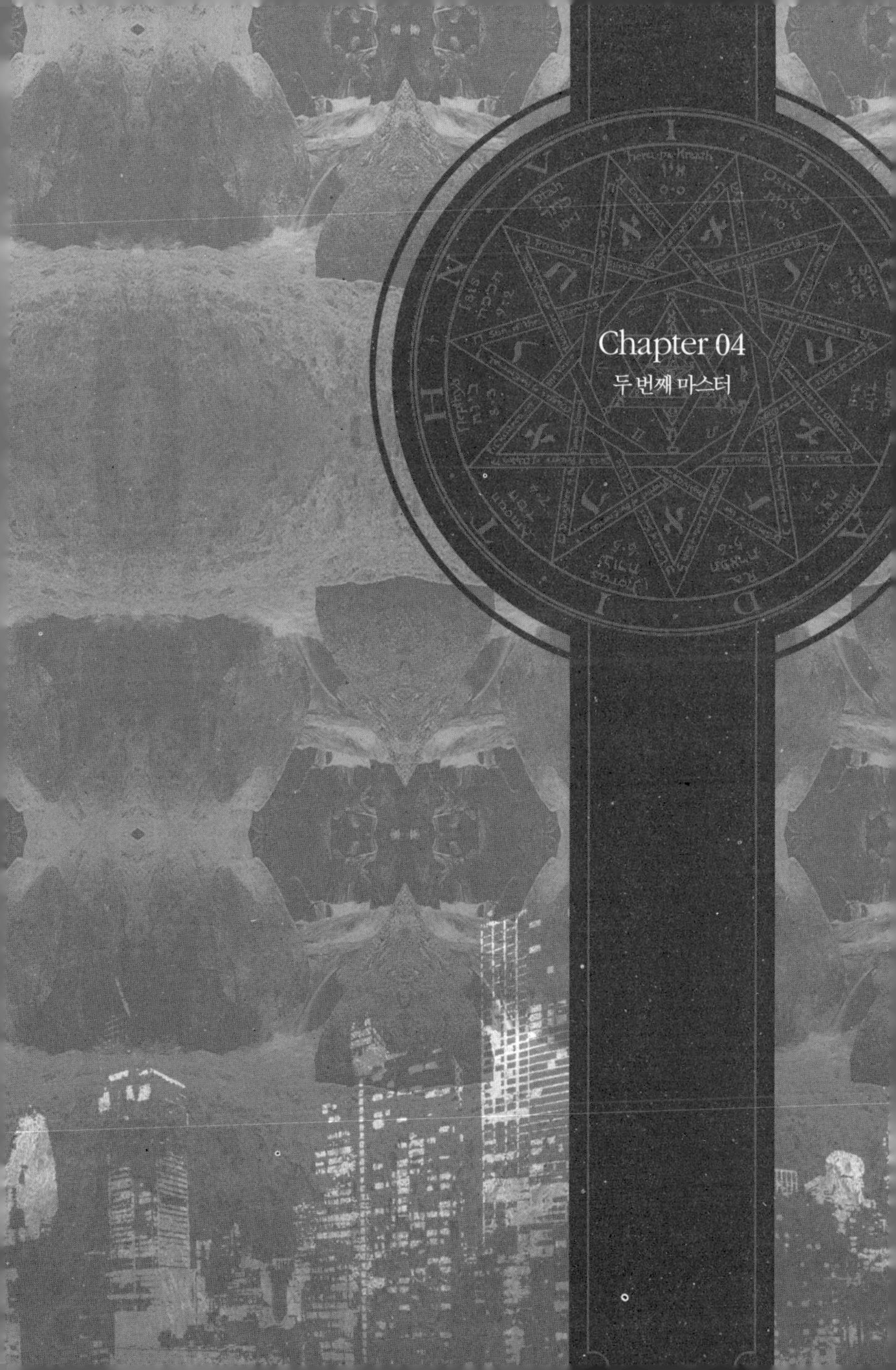
Chapter 04
두번째 마스터

“현중 씨, 이게 도대체……”

현중이 데이비드를 데리고 탐험선으로 돌아오니 마리아와 베이스퍼가 마침 나오다가 딱 마주쳐 버렸다. 데이비드의 모습을 보고는 마리아는 영문을 모르겠다는 얼굴이 되었다.

“도대체 뭘 했길래… 사람이 이 지경이 된 거예요?”

하얀 살색은 볼 수도 없을 만큼 온몸이 푸른 멍 자국으로 가득한 데이비드의 모습에 마리아는 거의 반사적으로 걱정스러운 눈동자를 보냈다. 그녀에게 데이비드는 밉든 곱든 자신이 보호해야 할 왕족이다.

하지만 베이스퍼는 데이비드를 슬쩍 한 번 보더니 현중을 다시 보면서,

"자네… 가 이렇게 만들었나?"

베이스퍼가 묻는 것은 데이비드의 멍투성이 몸이 아니었다.

현중도 그 정도는 알기에 웃으면서 고개를 끄덕였다.

"작은 계기만 줬을 뿐입니다. 뭐, 나름 바보는 아닌 듯 알아서 일어서더군요."

"크크크크큭, 자네한테 칭찬을 받다니… 이 녀석, 복 받은 녀석이군. 그보다 설마 자네가 키우려는……?"

베이스퍼는 슬쩍 현중이 데이비드를 제자로 거두려는 건 아닌지 물었다.

씨익~

웃으면서 현중은 고개를 가볍게 몇 번 흔들고는,

"저는 제자를 키우지 않습니다. 아직은요."

"후후후, 그 말은 나중에는 제자를 키울 수도 있다는 말로 들리는구먼."

"뭐… 마음에 드는 녀석이 있다면 말이죠. 하지만……."

현중은 제자를 키울 마음이 아직은 없었다. 이미 한번 쓰라린 경험을 했으니 말이다.

"그럼 이 녀석은 어쩌려고? 마스터를 만들었으면 책임져야

할 것이 아닌가?"

"……?"

마리아는 베이스퍼와 현중의 대화가 뭔가 이상하다는 것을 느끼긴 했지만 핵심이 뭔지 전혀 모르고 있었다. 그러다가 베이스퍼의 입에서 마스터라는 말이 나오자 화들짝 놀라면서,

"무, 무슨 말이에요? 마스터라니?"

마이스터에 오른 베이스퍼는 아무리 기절해 있다지만 데이비드의 경지를 확실히 느낄 수 있었다. 하지만 같은 마스터의 경지에 머물러 있는 마리아는 기절해 있는 데이비드의 경지를 읽기에는 아직 불가능했다.

"이 녀석, 이제 마스터야. 뭐… 영국에는 좋은 일이구만. 국가 공인 마스터가 두 명이 되었으니."

"네… 에?!"

베이스퍼의 말에 마리아가 놀란 눈으로 데이비드를 한참 바라보다가 결국 현중을 보자,

"뭐… 그렇게 됐네요. 남자가 혼자 고민하다 보면 가끔 기적도 일어나는가 보죠?"

별것 아니라는 듯 어깨를 으쓱거리면서 만신창이가 된 데이비드를 베이스퍼에게 넘겼다.

현중은 유유히 배 안쪽으로 사라졌다. 그런 뒷모습을 본 마

리아는,

"스승님, 현중 씨가… 마스터로 이끈 거 맞죠?"

마리아는 데이비드의 경지와 성격을 알기에 절대로 불가능하다고 생각했다. 마스터는 자기 관조의 능력이 필수다. 하지만 데이비드는 자기 관조를 전혀 하지 않는 성격이었기에 마스터에 오르는 것이 불가능하다고 생각했던 마리아다. 데이비드의 마스터 등극은 마리아에게 커다란 충격이었다.

"저 괴물이 마음만 먹으면 뭘들 못할까? 나도 그냥 슬쩍 잡아당겨서 마이스터에 올려놓은 녀석인데."

베이스퍼가 당연한 걸 왜 묻느냐는 식으로 마리아에게 대답하자 마리아는 한숨을 쉬면서,

"설마… 결혼하자고 또 덤벼드는 건 아니겠지?"

엉뚱하게도 마리아는 지금 탈진해서 기절해 있는 데이비드가 깨어나자마자 혹시나 결혼하자고 하면서 대련을 신청할까 봐 은근히 걱정이 된 것이다. 거기다 또 다른 걱정이 생겼으니 바로 여왕의 압박이었다.

그동안은 능력이 안 돼서 남자로 보이지 않는다는 말로 거절했는데 이렇게 떡하니 마스터가 되어서 돌아가면 여왕으로서는 절호의 기회나 다름없었다.

"에휴! 현중 씨, 차라리 나를 마이스터로 올려주시지 어쩌자고…… 에구."

현중이 어째서 데이비드를 마스터로 이끌었는지 이유는 둘째 치고 앞으로 겪어야 되는 여러 가지 시련을 생각하면 은근히 원망까지 생기는 마리아였다.

하지만 그것도 안전하게 영국 땅을 밟은 뒤에나 가능한 일이다. 지금은 최대한 빨리 돌아가는 것만이 탐험선에 있는 모두의 안전을 책임지는 마리아의 최우선 과제였다.

"자, 이제 귀환합니다."

마리아의 큰 소리가 마이크로 탐험선 전체에 울려 퍼지자 용병 다섯 명과 베이스퍼는 조타실로 모였다. 그들은 곧장 각자 위치로 돌아가 탐험선을 움직일 준비를 했다.

최첨단 전자 장비로 무장한 탐험선은 만일의 사태에 대비해서 최소 네 명만 있어도 배의 운항이 가능하도록 만들어져 있기에 지금 있는 인원으로도 움직이는 데는 크게 문제가 없었다.

이미 메로우를 따라 움직인 경험이 있어서인지 능숙해 보이기까지 했다.

"부표가 보이나요?"

마리아가 마이크로 말하자 선미에 앉아 있던 현중은 손을 흔들어 보인다는 신호를 보냈다.

다시 처음 부표를 떨어뜨려 놓았던 곳으로 돌아와 부표를 회수하자 신기하게도 탐험선의 주변에 푸른 마나의 흐름이

몰려들기 시작했다.

마치 반짝이는 알갱이들이 하늘에 떠 있는 것처럼 아름다운 모습이었다. 어두운 밤에 반딧불의 향연을 보는 듯한 착각을 불러일으키는 현상에 다들 넋을 잠시 놓고 구경했다.

하지만 현중은 지금의 현상에 쓴웃음을 지으면서,

"처음부터 주변에 계셨군요."

현중은 지금 탐험선에 벌어지는 현상이 누구 때문인지 한눈에 알 수 있었다.

[원래 난 이곳의 주인이지. 이곳에 있는 이상 내 눈을 벗어날 수 없지 않겠느냐?]

"그렇군요."

현중은 어디선가 들려오는 치우천왕의 목소리에 웃었다. 메로우가 문을 열지 않아도 치우천왕이 보내주기로 마음먹고 있는 이상 얼마든지 갈 수 있다. 지금의 현상은 차원의 문을 열지 않고 이곳에서 벗어나는 방법일 것이라고 현중은 대충 짐작했다.

그 와중에도 마나로 이루어진 빛의 알갱이는 살아 있는 듯 탐험선의 주변을 춤추듯 떠다니다가 하나둘씩 들러붙기 시작했다.

처음에는 한두 개 정도 들러붙더니 곧 순식간에 탐험선 전체가 마치 마나의 덩어리로 이루어진 듯한 형체로 바뀌었다.

하지만 오직 현중이 있는 곳만 마나의 알갱이가 모여들지 않았다.

"그럼 치우천왕님, 조만간에 찾아뵙겠습니다."

현중이 정중하게 허공을 향해 고개를 숙이자,

[아이야, 그냥 치우라고 하거라. 천왕의 호칭은 후세의 자손들이 신의 반열에 오른 나를 찬양하기 위해서 붙인 것인데, 너도 알다시피 난 차원자로서 선택해서 신의 자리를 버린 몸이다.]

치우천왕은 여전히 신의 자리를 버리고 차원자를 선택한 것에 약간은 후회로 남는 듯했다. 하지만 본인이 원한다면 별수 없는 법이다.

"네, 치우님."

[가능하면 빠른 시일 내에 나를 찾아오너라. 그들이 나의 존재를 먼저 찾기 전에 말이다.]

치우천왕은 역시나 차원자들이 가장 걱정스러운 듯했다. 물론 전에 만난 차원자가 무슨 일을 하기 전까지는 간섭하지 않는다고 했지만 카일라제와 손을 잡은 이상 차원자들에게 치우천왕은 눈엣가시 같은 존재임이 분명했다. 있으면 방해를 할 것이니 말이다.

지금도 이렇게 편법을 써서 카일라제가 지구로 넘어오는 것을 억지로 막고 있는 것만 봐도 이미 카일라제와 협력하는

차원자들에게 치우천왕은 어떻게든 찾아서 쫓아내야 할 존재
였다.

"네, 알겠습니다."

[나를 찾고 싶거든 메로우와 함께 오너라. 그럼 그녀가 안
내해 줄 것이다.]

"네, 알겠습니다, 치우님. 하지만 그보다 메로우를 이곳으
로 시간이동 시켜준 분이 치우님이 아니었습니까? 메로우의
말을 들어보면 남자라고 했습니다만……."

기회가 있을 때 물어봐야겠다고 생각하고 있던 것이라 현
중은 지체없이 물었다.

[물론 난 이곳에서 벗어날 수 없는 몸이니 당연히 내가 아
니란다. 하지만 카일라제에게만 협력하는 차원자가 있는 것
은 아니지. 그렇지 않느냐?]

"아……."

현중은 그제야 메로우와 치우천왕의 연관 관계의 끈을 이
을 수가 있었다. 한마디로 치우천왕을 돕는 차원자가 있다는
말이다.

[그럼 이만 돌아가 보거라.]

스팟!!

들어올 때와 달리 나갈 때는 정말 허무하리만큼 간단하게
나와 버렸다.

철썩~ 철썩~

마나의 알갱이가 탐험선을 완전히 감싸 마나 덩어리처럼 보이도록 변신시킨 지 몇 분 되지도 않아 시원한 파도 소리에 들려왔다. 모두가 눈을 떠보니 푸른 바다가 눈앞에 보였다.

아틀란티스가 잠들어 있는 그곳의 바다와 달리 조금은 어두운 색의 푸른 바다가 말이다.

삐삐삐!!

갑자기 마리아의 허리에서 요란한 소리가 들려서 서둘러 살펴보니 GPS가 다시 신호를 잡고 작동하는 소리였다.

정확하게 자신들이 사라졌던 위치에서 신호가 다시 잡힌 것이다.

"돌아왔군요."

마리아의 한마디에 모두의 표정이 밝아지며 안도의 한숨을 쉬었다.

그때 베이스퍼가 물었다.

"그런데 마야, 이건 뭐냐?"

베이스퍼는 무인으로서의 능력은 출중하나 기계적인 지식은 전무할 정도였다. 그래서 크게 어렵지 않은 레이더 상황 감시 역할을 맡기고 있었는데, 그가 보고 있던 레이더에서 무언가 계속 깜빡이는 신호가 보인 것이다.

"네?"

마리아는 돌아왔다는 안도감도 잠시, 긴장한 얼굴로 레이더를 바라보았다. 적이나 식별이 불가능한 경우에는 붉은색으로 표시되는데, 아군을 나타내는 녹색 점이 계속 깜빡이는 것이 보였다. 그것도 제법 가까운 곳에서 말이다.

"이건?"

마리아도 레이더만 봐서는 뭔지 알 수가 없기에 급히 탐험선을 돌려 레이더가 나타내는 곳으로 가보고는 피식 웃었다.

"안전선실이네요."

혹시나 몰라서 선원들을 안전하게 대피시킬 목적으로 분리시켰던 안전선실이 구조 신호를 보내고 있었던 것이다.

곧바로 장비를 이용해서 안전선실을 다시 탐험선에 끌어올려 장착시켰다. 선원들은 구조되었다는 사실에 안도했다.

"그런데, 매우 빨리 다녀오셨군요. 별다른 일 없었습니까?"

"네? 빨리라니, 거기서 며칠을 머물렀는데요?"

"그럴 리가요. 가시자마자 곧바로 다시 나타나시던데요?"

안전선실이 분리되고 나서 바로 인양되었다고 선원들이 말하는 것이다. 그래서 이상하여 안전선실이 분리되던 시간이 기록된 블랙박스를 확인해 본 결과 정확하게 1분이 흘렀을 뿐이었다.

그제야 마리아는 자신들이 아틀란티스 안에서 시간이 흘

렸는지 아닌지 살피지 않았다는 것을 깨달았다. 너무나 막연한 곳이라 주변을 살피기에 바빴지 정작 시계를 그 누구도 본 적이 없었던 것이다.

"그곳은 시간조차도 흐르지 않는 곳이란 말인가."

마리아는 아틀란티스가 잠들어 있는 곳에 들어가 있는 동안 시간이 흐르지 않았다는 사실에 가장 놀랐다. TV 미스터리 채널이나 이야깃거리로 자주 나오는 소재를 탐험하기 위해 가긴 했지만 막상 자신들이 그런 일을 겪었다는 것에서 자신도 모르게 온몸의 털이 곤두서는 느낌을 받은 것이다.

최소 며칠은 그곳에서 보낸 것이 확실한데 막상 나와 보니 1분밖에 흐르지 않았다.

그런데 그 1분의 시간도 베이스퍼가 레이더를 보고 움직여 분리했던 안전선실을 다시 되찾는 데 걸린 것이다.

한마디로 아틀란티스 입구로 들어간 순간부터 나올 때까지 지구의 시간은 멈춰 있었다는 말이 된다.

이렇게 여러 가지 사실에 마리아가 놀라워하는 사이 알렉산드로가 작게 중얼거리는 목소리가 유독 귓가에 크게 들렸다.

"이제 사람답게 음식 좀 먹겠군."

그렇다. 안전선실을 회수했으니 칼 따위의 조리도구가 다시 탐험선에 돌아온 것이다.

물론 안전하게 돌아왔으니 그리 중요한 게 아닐 수도 있지만 이상하게 그 말을 들은 마리아는 자신의 롱 소드를 한번 쓰다듬어 주었다.

마치 그동안 스테이크를 자르느라 고생했다고 칭찬해 주듯이 말이다.

"모두 각자의 위치로!!"

감상도 잠시, 마리아는 우선 이곳 미국 해역에서 벗어나는 것이 가장 최우선이라는 생각이 들었다. 그녀는 곧장 마이크를 잡고 탐험선 모두가 들을 수 있게 외쳤다.

"넷, 보스!"

안전선실에서 막 나왔지만 선원들은 능수능란하게 자신의 위치로 돌아가 탐험선을 움직이기 시작했다.

콰콰콰카!!

물론 용병들도 잘했지만 탐험선을 원래 조정했던 선원들이 돌아오자 탐험선도 기쁘기라도 한 듯 우렁찬 엔진 음을 내면서 움직였다.

그들은 곧장 원래의 계획대로 탈출하기 위해 미리 그려놓은 방향으로 움직였다.

처음 출발할 때의 걱정과 달리 다친 사람이나 희생자 하나 없이 이번 탐사는 너무나 성공적으로 끝마쳤다.

특히나 데이비드는 일생 동안 기억에 남을 만큼 엄청난 기연을 얻기도 했다.

＊　　　＊　　　＊

　영국의 어느 공원 벤치에 앉은 런닝복 차림의 현중 뒤에 검은 정장 차림의 남자가 공손히 서 있다.
　"테른."
　―네, 마스터.
　현중이 치우천왕을 만난 것부터 자신이 추리한 내용을 이야기하자 테른의 표정이 급격히 굳어졌다. 그는 잠시 생각하는 듯하더니 고개를 끄덕였다.
　―마스터의 추론이 90% 정도 맞는 것 같습니다.
　"너도 그렇게 생각하는 거냐?"
　―저도 사실 가장 이상하게 생각했던 것 중 하나가 대륙에 나타난 마스터의 존재였습니다.
　"크크큭, 너조차 이상하다고 생각했다면 카일라제가 의외로 허당 구석이 있는 거군."
　사실 누구라도 이상하다고 생각할 수는 있다. 하지만 테른이 그대로 대륙에 남아 있었다면 아마 그걸로 의문은 끝이었을 것이다.
　테른이 현중의 말에 동의하는 것은 모두 지구로 넘어와 대류에서는 얻지 못할 지식을 얻고 생각의 깊이가 그만큼 깊어진 결과이다.

마계의 두뇌라고 그냥 불리는 것이 아니다.

지식을 얻는 만큼 더욱 세상을 바라보는 눈은 깊어지게 마련이다. 특히 테른은 하나를 알려주면 열은 기본이고 심지어 백까지도 깨우칠 만큼 머리가 특이하게 좋은 편이었다.

물론 아직까지 현중과의 계약으로 인해 수동적인 성향이 많기에 그 점이 크게 발휘되진 않지만 천재라는 사실에는 변함없었다.

―지구의 정보와 대륙의 정세, 역사를 포함해 마스터께서 말씀하신 추론까지 조합한 결과 저도 마스터의 생각에 동의합니다.

"나를 지구로 넘어오기 위한 매개체로 쓸 계획을 내가 알게 된 이상 가만히 앉아서 카일라제가 원하는 대로 해줄 순 없지."

―마스터의 존재 자체가 카일라제가 지구로 넘어올 수 있는 구실입니다.

테른의 말은 현중이 지구에서 사라지지 않는 이상 카일라제가 지구로 넘어오는 것을 막을 수 없다는 말이다. 물론 현중도 그걸 알고 있었다.

"테른."

―네, 마스터.

"내가 지금 배운 치우천황무가 반쪽짜리라는 것은 알고 있겠지?"

―네. 조금 전에 마스터의 말씀을 들었습니다.

"테른, 난 오히려 이번이 좋은 기회라고 생각하는데, 넌 어때?"

―……?

테른은 현중이 갑자기 좋은 기회라고 말하자 그 기회라는 게 무슨 뜻인지 금방 느낌이 오지 않았다. 하지만 곧 현중의 의미심장한 미소를 보며 현중이 카일라제를 극도로 싫어한다는 것을 떠올리자 금방 읽을 수 있었다.

―마스터께서는 오히려 카일라제가 지구로 넘어오길 바라시는군요.

"빙고!"

현중은 함박웃음을 지으면서 테른의 말에 리액션을 취하며 벤치에서 일어섰다.

"어차피 지구는 과학이 너무 발전해서 인간 스스로 자멸하든지 아니면 카일라제가 넘어와서 지배하든지, 결과는 비슷할 거야. 다만 자멸이냐, 누군가의 지배에 의한 자유를 잃어버리냐의 차이겠지만 말이야."

현중은 카일라제가 지구를 탐낸다는 것에 대해 처음에는

극도로 거부반응을 보였다. 하지만 그동안 지구에서 생활하면서 느낀 바, 역시나 대륙의 인간이나 지구의 인간이나 똑같았다.

지금도 지구 인류의 1/3은 전쟁 중이다.

우리가 모를 뿐이지 중동 지역만 해도 하루에도 수십 차례 교전이 벌어지는 소규모 전쟁이 기본이고, 자유를 쟁취하다는 등 여러 가지 명분을 앞세워서 전쟁을 하는 녀석들이 널리고 널린 곳이 지금의 지구다.

어떤 학자의 말대로 이대로 과학이 발전하면 인간은 살아남을지 모르지만 지구는 죽어버린다는 것이 틀린 말은 아니다. 환경오염은 기본이고 하루에도 수십 종의 생물이 멸종되어 가는 중이다.

나중에는 지구에 인류 외에는 생물이 없을지도 모를 정도로 빠르게 지구의 여러 생명체가 멸종되어 가고 있으니 말이다.

그런데 이런 지구를 위해서 현중이 카일라제를 막아야 할까? 현중은 개인적으로, 지극히 개인적인 생각으로 여러 번 생각해 봤다.

그동안 현중이 탐험선에서 멍하니 바다를 보고 있었던 것은 모두 자신이 앞으로 어떻게 행동을 취해야 할지 고민하고 있었던 것이다.

그 결과 현중은 엉뚱한 결론을 내렸다.

"내가 카일라제랑 싸워서 이기면 뭐 이대로 지구는 돌아가는 거고, 내가 지면 지구는 카일라제 발아래 넘어가는 거고, 어때?"

어떻게 들으면 지구를 위해서 카일라제라는 악신(惡神)을 상대로 장렬히 전투 준비를 하는 영웅으로 보일 수도 있다. 하지만 테른은 현중의 말에 피식 웃었다.

—마스터의 분풀이로 카일라제가 넘어오도록 놔둘 생각이시군요.

"아니지. 그건 아니지. 말이 아 다르고 어 다른 거라고. 넘어오도록 놔두는 게 아니라 넘어오지 못하게 막을 방법이 없으니까 그럴 바엔 차라리 맞장 뜰 실력을 키워서 한판 붙어보자는 거야."

테른은 현중의 변명에 고개를 끄덕였다.

어차피 테른이야 현중의 생각이 무조건 최우선이고 가장 먼저 생각해야 할 결정 사항이었으니 말이다. 현중이 지구를 상대로 정복을 하겠다고 한다 해도 테른은 두말없이 따를 것이다.

하물며 카일라제라는 주신을 상대한다? 물론 이길 확률은 객관적으로 현재는 0%다.

하지만 오히려 테른은 웃으면서 카일라제에게 덤빌 수 있을 것 같았다. 마계를 자기 맘대로 주물럭거리는 주신 카일라제를 좋아하는 마족은 과거에도 없었고 지금 테른도 마찬가지였다.

어차피 현중이 없는 세상은 테른에게도 존재할 이유가 없으니 말이다.

"하지만… 그 녀석이 혼자 온다는 보장이 없단 말이지."

카일라제의 성격을 이미 겪어봐서 알고 있는 현중은 절대로 카일라제가 혼자 넘어와서 맞장 뜰 것이라고 생각하지 않았다.

신이라는 존재 자체가 지구에서 물리력을 행사하려면 당연히 인간의 몸에 현신(現身)하는 것이 유일한 방법이다.

대륙에서도 현중과 만날 때마다 카일라제는 마을의 가장 깨끗한 처녀나 아니면 어린애의 몸에 현신해서 만났으니 말이다.

—아마 카일라제의 추종자들을 지구에서 만들 것이 분명합니다.

"그렇겠지. 그리고 그 녀석들은 당연히……."

현중이 뒤돌아 테른을 보면서 입을 열자 테른도 똑같이 입을 열었다.

"사이언톨로지."

—사이언톨로지.

　동시에 말하고는 현중과 테른은 서로 입가에 미소를 지었다.

　"테른."

　―네, 마스터.

　"모든 수단을 동원해서 사이언톨로지의 흔적을 찾아내라. 치우천왕이 버틸 수 있는 시간은 10년이다. 길게 잡아서 말이야. 그 안에 난 사조성을 모두 배워야 하고 사이언톨로지까지 찾아내야 한다. 하지만 난 우선 사조성을 배우는 데 집중할 계획이니까 넌 최대한 사이언톨로지를 찾아내라."

　―명령, 기필코 수행하겠습니다, 마스터.

　테른은 현중에게 고개를 숙여 인사하고는 그대로 사라져 버렸다.

　현중은 테른이 사라지자 조용히 처음의 목적대로 가볍게 런닝을 다시 시작했다.

　"현중 씨는 어디 다녀온 거예요?"

　아침 런닝을 마치고 탬플재단에서 마련해 준 숙소로 들어오자 마리아가 스키니 진 청바지에 약간 헐렁한 면티를 입은 상태로 현중을 기다리고 있었다.

　"보다시피 아침 운동이죠."

　현중의 뻔한 걸 묻느냐는 질문에 마리아는 살짝 놀라면서,

"설마 현중 씨는 그 몸에 운동을 꾸준히 하고 있었나요?"

마리아는 알게 모르게 현중을 은근히 감시하고 있었기에 현중이 운동했다는 것에 의외라는 표정이다.

사실 현중은 지구로 와서 따로 운동을 한 적이 없다. 하지만 머리가 복잡하고 생각할 것이 많을 때는 의외로 런닝이나 산책을 하는 게 도움이 되는 경우가 많았기에 생각없이 아침 런닝을 나갔을 뿐이다.

"뭐 가끔은 하면 몸에도 좋으니까요."

"그래요."

마리아는 몸에 좋다 하자 별다른 말꼬리를 잡지 않았다. 현중은 피식 웃고는 샤워실로 들어가려 했다.

마리아가 이곳에서 현중을 기다린 이유가 생각났는지 황급히 샤워실로 들어가는 현중의 런닝복 옷깃을 잡았다.

"현중 씨."

"네?"

"오늘 스케줄 특별한 것 없죠?"

현중은 마리아의 말에 잠시 생각해 보니 이번 주와 다음 주는 시간이 거의 비어 있었다. 템플재단에서 현중과 함께 아틀란티스 탐험을 간다고 대학에 미리 수업을 빠져도 되도록 손을 써두었기에 시간이 남아돌긴 했다.

"뭐, 학교도 한동안 안 가도 되니 남는 게 시간이죠."

“그럼 오늘 저와 함께 여왕 폐하를 좀 뵈어야 할 것 같아
요.”

현중은 여왕을 또 보자는 말에 고개를 갸웃거렸다.

이제 현중은 영국에 특별하게 볼일이 없었다. 영국 여왕도
현중을 그리 좋아하지 않는다는 것을 이미 알고 있으니 다시
찾을 일은 없을 것으로 생각했던 것이다.

“혹시 아틀란티스 문제인가요?”

현중이 여왕을 만난다면 그것 외에는 특별하게 떠오르는
게 없었기에 묻자 마리아는 고개를 흔들면서,

“아니요.”

“……?”

아니란다. 그럼 도대체 무슨 일로 여왕을 봐야 한단 말인
가?

“데이비드 때문이에요.”

“데이비드?”

현중은 잠시 데이비드 때문에 왜 자신이 여왕을 봐야 하는
지 이해가 가지 않았다. 마스터로 이끌어주었고, 마스터가 되
었다면 알아서 제 갈길 잘 가면 되는 것이니 현중의 머릿속에
서 이미 데이비드는 사라지고 없었다.

처음에야 테른에게 데이비드를 맡겨볼까 생각도 해봤다.
하지만 이미 마스터에 오르면서 데이비드의 생각이 뒤집어져

인간이 좀 되었고, 사실 이제 현중과 테른은 몸이 열 개라도
모자랄 만큼 바쁘게 움직여야 하니 그냥 제 갈길 알아서 가게
신경 끊어버린 것이다.

"현중 씨가 데이비드를 마스터로 이끌어주었다면서요."

엄밀하게 말하자면 호기심에 자극을 줬을 뿐 이끌어준 적
은 없다.

데이비드는 확고하게 현중이 자신을 마스터로 이끌어주고
가르침을 내려주어 커다란 은혜를 입었다고 생각하겠지만,
현중은 그게 아니었다.

"뭐, 자극을 주긴 했지만 이끌어준 적은 없습니다."

하지만 마리아에게는 겸손을 떠는 말로 들렸다.

"현중 씨가 그러지 않아도 데이비드가 이미 현중 씨에 대
해서 침이 마르도록 칭찬을 해서 여왕 폐하께서 현중 씨를 다
시 보고 싶어하세요."

"…쩝."

데이비드의 사고방식은 바뀌었을지 몰라도 성격은 쉽게 바
뀌지 않는 법이다. 현중은 잠시 말없이 마리아를 바라보다가,

"그것뿐만이 아니죠?"

"네?"

현중이 마리아의 눈동자를 보고 씨익 웃으면서 한마디 하
자 화들짝 놀란 그녀가 귀를 살짝 붉히면서 당황했다.

"데이비드 때문에 여왕을 뵙는다는 것은 우선 첫 번째 핑계 같은데, 아닌가요?"

이미 영국에 무사히 귀국한 지 일주일이 지났다.

영국에 귀국하자마자 마리아는 어디론가 사라지더니 한동안 연락이 되지 않았다. 그렇게 소식 없이 조용하다가 귀국하고 오늘 처음 만난 것이다.

아무런 정보가 없을 텐데 대뜸 속마음을 말하라는 뉘앙스를 풍기자 마리아가 당황한 것이다.

이상하게 현중 앞에서는 뭔가 숨기거나 돌려 말해도 소용이 없었다.

"사실… 그게 여왕 폐하께서 저와 현중 씨 사이를 궁금해하세요."

"……."

현중은 대충 마리아의 마음을 읽었기에 알고 있었지만 역시나 직접 말로 들으니 기분이 조금 다르긴 했다.

애초에 여왕이 현중을 그리 달가워하지 않는 이유가 바로 마리아와 현중의 사이를 심상치 않게 보았기 때문이란 것쯤은 알고 있었다.

물론 현중은 현재 마리아를 여자로 보지 않고 있다.

처음부터 일을 위한 파트너라는 개념이 강했기에 그렇기도 하지만, 여자보단 지구에서 처음 만난 마스터라는 첫인상이 더 강했다.

그런데 그냥 그랬다면 아무런 문제가 없겠지만 자신을 향한 마리아의 마음을 스스로 알고 있다는 것이 문제였다.

본래 일과 관련해서 남녀 사이에 감정이 개입하게 되면 생각 이상으로 일이 복잡해지는 경우가 많다. 엄청난 아군을 얻을 수도 있지만 가장 꺼림칙한 내부의 적을 만들 수도 있는 게 바로 남녀 사이의 감정이니 말이다.

그리고 현재 현중에게 마리아와 탬플재단은 꼭 필요한 상태였다.

치우천왕을 만나기 전의 현중이라면 당연히 매정하게 마리아와 자신은 파트너라고 말했을 것이다. 자신의 모든 감정을 죽이고 말이다.

하지만 치우천왕을 만나고 난 뒤 현중은 약간 생각이 바뀌었다고 해야 할까? 초반에 혼자서 내린 결정이 흔들리기 시작한 것이다.

앞으로도 현중은 지구에서 살아가야 할 것이다. 아마 차원의 벽을 넘어 다른 곳으로 가지 않는다면 말이다. 그렇다고 신이 되고 싶은 생각은 없었다.

카일라제를 보면 절대로 신이 되고 싶다는 생각이 들지 않았다.

그리고 마리아의 마음을 알고 있고 자신의 고집이 조금씩 꺾이자 마리아가 파트너임과 동시에 여자로 보이기 시작한 것이다.

사실 마리아 정도의 여자를 옆에 두고서 여자로 보지 않은 현중이 오히려 대단하다고 해야 한다. 현중의 특이한 상황을 생각하면 어느 정도 이해가 가긴 하지만.

"여왕 폐하께서는 마리아와 제가 무슨 사이이길 바라시나요?"

하지만 현중은 슬쩍 감정의 대답을 마리아에 넘겨 버렸다.

현중의 성격이라면 단칼에 파트너라고 말할 줄 알고 있던 마리아도 의외의 대답에 살짝 놀랐는지 현중을 빤히 바라보면서,

"그게… 그게… 그게……."

현중의 예상치 않는 행동에 당황했는지 말을 더듬기 시작했다.

그 모습에 현중은,

씨익~

웃으며 샤워실로 들어가면서,

"오해가 때론 진실이 되기도 하는 게 세상이겠죠?"

라고 말하고는 샤워실로 들어가 버렸다.

혼자 멍하니 남은 마리아는 현중의 말을 몇 번 되뇌어보다가,

"……!"

화들짝 놀랐다.

“설마… 설마… 현중 씨가…….”

마리아는 자신의 생각이 맞는지 장담할 수는 없지만 우선 이것 하나만은 확실했다.

현중이 변했다.

아틀란티스를 다녀온 뒤로 현중에게 무슨 일이 있었는지는 모르지만 현중이 마리아 자신을 대하는 태도나 모습이 어딘가 모르게 변했다는 것을 직감적으로 느낀 것이다.

거기다 그 무엇보다 마리아를 기쁘게 하는 것은 현중이 마리아를 여자로서 생각하기 시작했다는 뉘앙스를 풍기는 말을 했다는 것이다.

지금껏 농담이나 장난을 친 적이 없는 현중의 성격을 생각하면 방금 ‘오해가 때론 진실이 되기도 한다’ 라는 것은 여왕의 오해가 진실이 될 수도 있다는 뜻이다.

그 말은 마리아를 지금까지와 달리 파트너이기도 하지만 여성으로 보고 있다는 말을 슬쩍 돌려 말한 것이다.

뭘 그렇게 복잡하게 말하느냐고 할 수도 있지만 현중의 특이한 상황에서 갑자기 생각과 사고 개념이 변할 수는 없는 법이다.

이유야 어찌 되었든 현재 마리아는 현중이 자신을 여자로 봐준다는 것 자체만으로 너무나 기뻤다.

　그동안 현중의 옆에서 얼마나 자신의 감정을 죽이고 눌러 왔던가. 하지만 사람의 감정이란 게 의지로 제어될 리가 없다. 그렇게 현중을 향한 마음이 조금씩 커져서 결국 마리아는 현중에게 연정을 품었고, 그동안 모른 체하던 현중이 결국 돌아봐 준 것이다.

　짝사랑은 본래 상대가 돌아봐 주기만 해도 좋다.

　끼익~

　현중이 샤워를 마치고 나오자 마리아는 가고 없었다.

　대신 잘 보이는 탁자 위에 메모가 한 장 있었는데,

　[저녁 6시쯤에 데리러 올게요. 저번처럼 청바지에 티셔츠는 안 되니 정장으로 입으세요. 정장은 옷장 안에 미리 넣어 놨어요.]

　한 줄 정도의 짧은 내용이었다. 현중은 목욕 타월을 걸친 그대로 옷장으로 가서 열었다. 열 벌의 정장이 가지런히 걸려 있었다.

　색도 진한 색부터 연한 색까지 종류별로 걸려 있었다.

　그는 마리아의 세심함이 엿보여 피식 웃었다.

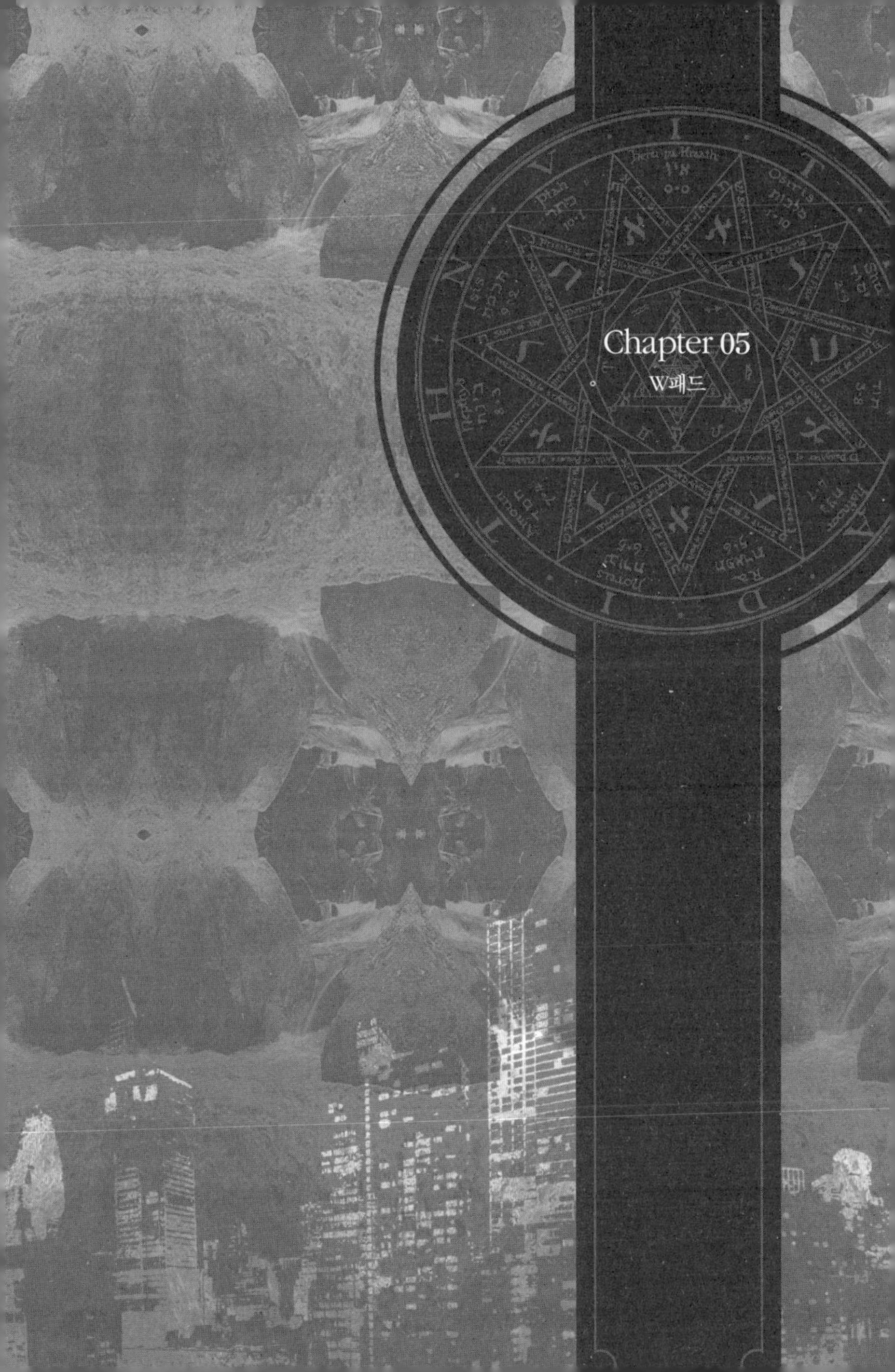
Chapter 05
W패드

"딱 맞네."

현중은 혹시나 하는 마음에 하나를 꺼내 입어보자 맞춘 듯
딱 맞았다.

거기다 옷감도 부드러우면서 강한 느낌이 드는 것이 제법
고급 정장으로 보였는데, 막상 메이커에는 문외한인 현중이
라 얼마나 비싸고 유명한 옷인지, 어떤 유명한 장인이 만들었
는지 알 길이 없었다.

입었던 정장을 벗어놓고 다시 평소대로 청바지를 입으려
던 현중은 문득 청바지가 많이 낡았음을 발견했다.

그동안 단벌로 청바지만 입고 돌아다녔으니 나름 옷도 고생을 한 셈이다.

그러다 문득 진한 베이지의 면바지가 눈에 들어왔다.

"저걸 한번 입어볼까?"

현중은 옷장 구석의 면바지를 집어 들었다.

그런데 이 면바지 또한 마리아가 미리 준비해서 놓고 간 것이었다. 현중은 면바지를 산 적이 없으니 말이다.

하지만 현중은 면바지가 왜 이곳에 있는지도 생각하지 않은 채 그냥 입어보고 딱 맞고 어울리자 나름 만족해했다.

그는 티셔츠에 야구 모자, 알 없는 뿔테안경을 하나 집어 들어 쓰고는 숙소를 나왔다.

"시간도 많고… 한국에나 다녀올까."

어차피 여왕과의 약속은 저녁이니 시간은 남아돌았다. 바로 치우천왕을 찾아갈까 생각도 했지만 메로우가 현재 탬플 재단 연구소에 오리하르콘 때문에 남아 있다.

메로우가 아틀란티스에서 건져 올린 오리하르콘에서 혹시나 과거로 돌아갈 수 있는 실마리가 있을지도 모른다는 생각에 기다려 달라고 해 완전 프리한 상태였다.

슬쩍 현중이 치우천왕에게 부탁해서 돌아가 보도록 힘을 써주겠다고 말을 흘린 적이 있지만 메로우는 고개를 흔들었다. 자신을 데려온 차원자가 과거에서 데리고 올 수는 있지만 다시 과거로 돌아가는 것은 메로우 스스로 알아서 해야 한다고 말이다.

현중은 솔직히 너무 자기 멋대로라고 화를 냈지만 순진한 메로우는 오히려 웃으면서 신은 이유가 있기에 자신을 데려왔을 것이라고 했다.

상황이 이러다 보니 시간은 남아돌게 되었다. 그러니 당연히 한국의 일이 얼마나 일이 진행되었는지도 알아볼 겸, 회사가 잘 굴러가는지도 눈으로 보고 싶어서 잠깐만 한국에 다녀올 생각을 했다.

그때,

오빠~ 전화 받아~ 오빠~ 전화 받아~

현중의 휴대폰이 울렸다.

"누구지?"

현중의 전화는 웬만해서는 울리는 일이 없다. 번호를 아는 사람이 극히 드물기 때문이다. 희한한 일이라 생각하며 현중이 전화를 꺼내자 베이스퍼의 이름이 떠 있었다.

"어쩐 일이지? 한 번도 전화 안 하신 분인데."

처음이다. 베이스퍼가 현중에게 휴대폰으로 전화를 한 것은 말이다.

딸각!

"어쩐 일이세요?"

현중이 나름 처음으로 전화를 걸어주어 반가운 마음에 인사하자,

[처음이군. 자네한테 전화한 게 말이야.]

"그러네요."

[그보다 자네 지금 이쪽으로 와줄 수 있겠나?]

"급한 일인가요?"

베이스퍼의 목소리가 살짝 떨리는 것을 캐치한 현중이 묻자,

[자세한 것은 직접 만나서 이야기해야 할 것 같은데 말이야. 위치는…….]

"굳이 위치는 말하시지 않아도 됩니다."

현중은 전화를 받으면서 슬쩍 베이스퍼 특유의 마나를 찾았다.

이미 익숙한 베이스퍼이기에 어디에 있든지 느끼는 것은 쉬웠다.

스윽!

베이스퍼가 있는 곳으로 몸의 방향을 바꾼 현중은 그대로 오른발을 내밀어 사라졌다.

다시 현중이 나타난 곳은 바로 베이스퍼의 앞이었다.

"이렇게 왔으니 위치는 필요없죠?"

"허허허, 여전하구만, 자넨."

베이스퍼는 너털웃음을 지으며 전화를 끊었다.

영국으로 귀국하고 바로 미국으로 넘어간 베이스퍼는 그 동안 바빴는지 연락이 없다가 오늘 갑자기 연락을 해온 것이다.

현중 특유의 미소 짓는 얼굴을 본 베이스퍼는 현중에게 악수를 청하며,

"며칠만이지만 반갑군."

"저도요."

현중은 베이스퍼의 손을 맞잡으면서 악수를 나눴고, 곧 방을 옮겨 이야기를 시작했다.

"사실 자네를 이곳으로 부른 것은 이것 때문이네."

베이스퍼는 탁자 위에 있는 서류 봉투를 집어 들더니 그 안에서 여러 장의 파일을 꺼내 현중에게 내밀었다.

"뭔가요?"

"우선 읽어보게. 그래야 다음 이야기가 진행되니까."

현중은 무작정 읽어보라는 베이스퍼의 말에 파일을 읽었다.

그것은 신상정보가 기록된 신상명세서였다.

사진과 이름, 군번, 입대 날짜와 소속, 계급 등 군인의 개인 신상이 기록되어 있었다.

그리고 뒷장을 넘겨보자 일반인이었다. 나이와 직업, 특기,

사는 곳 등 지극히 개인적인 신상 명세가 기록되어 있었다.

혹시나 해서 몇 장 더 넘겨봤지만 모두 개인의 신상이 기록된 파일뿐 특별할 것은 없어 보였다.

국적도 다르고 나이도 다르고 성별도 제멋대로인, 공통점이라곤 없는 자료였다. 너무나 지극히 평범함 개인 신상에 대한 것뿐이다.

"어떤가?"

베이스퍼는 현중에게 읽은 소감을 물었지만 현중은 고개를 갸웃거리면서,

"뭐죠? 그냥 개인 신상에 대한 기록인데요?"

"그 기록만 보면 그렇지. 그런데 말이야, 그 사람들이 1년 전 같은 날 같은 시각에 동시에 행방불명이 되었단 말일세."

"동시에요?"

물론 약간 이상하긴 하지만 일어날 수도 있는 일이다. 그렇기에 현중의 반응이 별로 신통치 않다는 것을 느낀 베이스퍼는 품에서 서류 두 장을 꺼내 현중에게 내밀었다.

"이걸 읽어보게."

현중은 또다시 베이스퍼가 내민 서류 두 장을 읽어보고는 살짝 놀랐다.

현재 미국에 비밀리에 등록되어 있는 마스터의 명단이다. 모두 23명이었다. 이름과 마스터임을 확인했다는 사항에 체

크가 되어 있을 뿐 아주 간략하게 소개되어 있었다.

하지만 미국에서 비밀리에 마스터를 공인했다는 것은 제법 놀라웠다. 그리고 모두 23명이나 된다는 것도 그랬다.

'그러고 보니 이름이……'

이름 옆의 작은 사진을 보는 순간 현중은 조금 전에 봤던 개인 프로필 파일을 다시 집어 들고 비교하기 시작했다.

현중의 그런 모습을 가만히 지켜보던 베이스퍼는 한숨을 쉬었다.

"같은 사람이군요."

베이스퍼가 처음 보여준 개인 프로필 사진과 뒤에 넘겨받은 미국이 비밀리에 등록한 마스터의 숫자와 얼굴 특성, 이름까지 완전히 같은 사람이었다.

"그렇다네."

"어떻게 된 거죠?"

현중이 물었으나 베이스퍼도 딱히 아는 게 없었다.

베이스퍼는 스물세 명이나 마스터가 갑자기 생겨난 것도 그렇고, 1년 전에 각국에서 행방불명이 되었던 사람들이 현재 미국에서 비밀리에 마스터 공인 인증을 받았다는 것이 이해가 가지 않았다.

그러다가 우연히 탐험선에서 알렉산드로와 이야기를 하는 도중 인공적으로 마스터가 되었다는 것을 들은 것이 기억나

그를 찾았다. 그러자 알렉산드로는 현중에게 연락해 보라고
하여 이렇게 그를 찾게 된 것이다.

촤라락.

현중은 손에 들고 있던 서류를 모두 내려놓고는 베이스퍼
를 보면서,

"현재 이들은 어디에 있습니까?"

현중의 표정이 진지하게 변했다는 것을 느낀 베이스퍼는,

"CIA 쪽에 있는 걸로 확인됐네."

현중은 용케도 이런 사실을 베이스퍼가 알게 되었다고 생
각했다. 마리아처럼 뭔가 커다란 조직도 없이 오직 홀로 움직
이고 개인적으로 행동해 온 베이스퍼는 이런 정보에 취약할
수밖에 없다. 하지만 그런 현중의 예상과 달리 비밀리에 마스
터 공인 명단까지 가지고 있을 정도면 제법 정보를 얻을 수
있는 조직이 있다는 뜻이다.

거기다 CIA에서 정보를 알아낼 정도면 수준급의 조직이라
는 말이 된다.

"저에게 묻고 싶은 게 많으시군요."

현중이 베이스퍼의 눈동자에서 생각을 읽고 조용히 말하
자 고개를 끄덕인 베이스퍼는 곧바로 질문을 시작했다.

"알렉산드로에게 들었네. 러시아에서도 지금과 똑같은 마
스터가 갑자기 나타난 적이 있다고 말이야."

"네, 알렉산드로 본인이 그 증인이자 증거이긴 하죠."

현중은 숨김없이 모두 말했다.

"그렇다면 어떻게 된 건지 설명해 줄 수 있겠나? 사실 이 정보도 내 제자 중 하나가 CIA 정보 관리 쪽에 있는 녀석이 있는데, 그 녀석이 나에게 보내준 것이네."

"아……."

현중은 어째서 베이스퍼가 이런 1급 비밀에 가까운 정보를 알고 있는지 대충 이해가 되었다. 전에 얼핏 들었을 때 베이스퍼는 나름 제자가 있다고 했다.

마리아가 용병을 데리고 갈 때도 차라리 자신의 제자를 데려가라고 핀잔을 줄 정도였으니 말이다. 그 말은 최소 제자가 다섯 명은 넘는다는 말이 되었다. 거기다 베이스퍼는 믿을 수 있는 사람들이라고 생각하고 있고 말이다.

한마디로 베이스퍼는 제자들로부터 정보를 얻고 있는 것이다.

당연히 베이스퍼의 제자들은 미국 주요 정보기관에 있을 것이다. 베이스퍼가 이런 정보를 가지고 있다는 게 이해가 되었다.

베이스퍼는 오히려 마리아의 템플재단보다 크진 않지만 가장 믿을 만한 조직을 가지고 있는 셈이다.

"1년 만에 마스터가 되다니… 있을 수 없는 일이지. 하지만 알렉산드로의 말을 들어봤을 때 믿을 수는 없지만 그게 가능하다고 하더군."

"네, 가능합니다. 물론… 저도 나중에 안 사실이지만요."

현중의 표정에서 자신이 궁금해하는 것을 모두 알아낼 수 있을 것이라는 확신이 들자 베이스퍼는 질문을 쏟아냈다. 현중은 하나하나 모두 대답해 주었다.

최소한 마리아와 베이스퍼는 현재 현중에게 가장 가까운 아군이니 말이다. 앞으로도 가장 필요한 사람들이기도 했다.

거의 한 시간가량 현중과 베이스퍼는 서로 이야기를 나누었다. 물론 거의 베이스퍼가 질문하고 현중이 대답해 주는 형식이었지만 대화가 끊이질 않았다.

하지만 대화란 언젠가 끊어지는 법. 베이스퍼의 궁금증이 풀리자 드디어 대화가 끊기고 다시 침묵이 찾아왔다.

"……"

베이스퍼는 지금 현중에게 들은 정보를 정리하느라 머릿속이 복잡했다.

사이언톨로지라는 단체가 어째서 마스터를 인공적으로 만들어내는지는 현중도 잘 모르고 있지만, 러시아와 현재 CIA에 있는 마스터들을 보면 복제한 듯 너무나 똑같은 점이 많기에 믿지 않을 수가 없었다.

현중은 베이스퍼가 생각을 정리하도록 기다려 주면서 잠

시 자신도 생각에 잠겼다. 사이언톨로지의 세력이 생각 이상으로 넓고 각국의 주요 수뇌부까지 침투해 있다는 것을 느끼게 되었으니 말이다. 조용하면서도 그 누구보다 은밀히 세력을 확장하면서 그들이 원하는 것을 계속 실행하고 있는 것이다.

현재는 카일라제와 사이언톨로지의 연관 관계는 전혀 없다고 할 수 있다. 하지만 이상하게 현중은 뭔가 연결이 되어 있을 것 같은 느낌이 들었다.

마치 사이언톨로지에서 마스터를 대량으로 찍어내는 것이 카일라제가 지구에 오면 쓰려고 만드는 병사 같다는 느낌이랄까? 거기다 대륙의 마족도 연관되어 있는 것이 묘하게 어울렸다.

"현중 군, 사이언톨로지 본부가 미국에 있으니 그 조사는 내가 하겠네."

"네?"

현중은 베이스퍼가 이렇게 적극적으로 나설 줄은 예상하지 못했다. 베이스퍼의 속성은 어디까지나 개인이다. 큰 미국의 혼자 대항하기도 하니 이번에도 그럴 것이라 여겼다. 그런데 그가 현중에게 협력하겠다고 먼저 말해온 것이다.

의문이 생겼으나 현중은 물어볼 타이밍을 놓쳤다. 베이스퍼의 휴대폰이 울더니 그가 소파에서 일어났다.

"미안하네. 내가 불러서 왔는데 바로 나가봐야 할 일이 생겨서 말이야."

어차피 현중은 알아서 사라질 것을 알기에 베이스퍼는 별다른 당부의 말도 남기지 않고 방을 나갔다.

현중은 베이스퍼가 적극적인 반응을 하는 이유를 궁금해했으나, 곧 머릿속에서 지웠다.

"이유가 있겠지."

어차피 서로 필요에 의해서 맺어진 관계의 성격이 강한 만큼 베이스퍼에게 뭔가 이유를 캐묻기도 그렇고 해서 모른 척했다.

하지만 마이스터에 오른 베이스퍼가 저 정도로 황급하게 일을 처리하고 적극적으로 나서는 것을 보면 분명히 뭔가 이유가 있는 것은 확실했다. 천심통을 사용할까도 생각해 봤지만 이미 어느 경지에 오른 그에게 그런 짓은 왠지 꺼림칙한 느낌이 들어 그만두었다.

"이대로 한국으로 가볼까?"

잠깐 미국에 들르긴 했지만 더 이상 볼일도 없고 해서 현중은 그대로 사라지려 했다. 그러다 문득 멈추고 탁자 위에 그대로 놓여 있는 서류 파일을 챙겼다.

"뭐, 내가 가져간다고 별일 없겠지?"

현중이 정보를 밖으로 돌리는 성격도 아니다. 그저 조금 더 알아볼 필요성을 느낀 것이다. 그는 베이스퍼가 보여준 신상 명세서와 마스터 인증 명단을 꼼꼼히 챙겨 들었다.

그리고 홀연히 사라져 버렸다.

빠~ 아앙~

현중이 다시 모습을 드러낸 곳은 서울 시내에 있는, 한때 최강석이 입원해 있던 병원의 옥상이었다.

"뭐, 변한 게 없구만."

솔직히 현중이 서울을 떠난 것이 얼마나 된다고 그사이 변한 게 있을까마는, 그래도 고국이라는 느낌인지 아니면 고향이라는 느낌인지 돌아왔을 때 묘하게 편안한 기분이 들었다.

현중은 대충 자신의 옷차림을 살펴보고 이 정도면 크게 알아보는 사람이 없을 것이라고 판단했다. 그는 그대로 병원 옥상을 내려와 병원 내부 엘리베이터를 탔다.

병원 특유의 소독약 냄새가 현중의 코끝을 살짝 간질였지만 크게 거슬리는 것은 아니었다.

띵~

1층에 도착했다는 알림 소리와 함께 엘리베이터 문이 열리고 현중이 밖으로 나왔다.

그런데 그대로 밖으로 나가려던 현중은 걸음을 멈추고 한 곳을 응시했다.

“…….”

현중의 시선을 잡은 것은 바로 홍지연이었다.

편안한 옷차림에 대충 묶은 긴 머리카락, 화장을 하지 않은 맨얼굴이었지만 화사한 얼굴 표정 때문인지 지금까지 현중이 알고 있던 홍지연의 모습이 아니었다.

자칫 현중도 정면에 있지 않았다면 모르고 지나쳤을지도 모를 만큼 수수한 모습이었던 것이다.

현중이 기억하는 홍지연은 커리어우먼 스타일로, 언제나 빈틈없이 화장을 한 얼굴이었다. 지금처럼 맨얼굴은 정말 기억 저편에서 겨우 떠올릴 만큼 희미했다.

“변한 것이 있군.”

현중은 홍지연의 모습을 보면서 조금 전 자신이 했던 말을 번복했다.

그녀는 목에 명찰을 걸고, 걷기 힘든 사람을 부축하면서 힘겹게 이동하고 있었다. 여자의 몸으로 아무리 늙었다지만 사람을 지탱하는 것이 결코 쉬운 일이 아니다. 그 증거로 지금 홍지연의 이마에는 땀방울이 송골송골 맺혀 있었다.

하지만 표정은 너무나 밝았다. 지금까지 매섭고 날카롭던 홍지연의 모습은 완전히 사라져 버리고 없다.

겨우 환자를 물리치료실로 안내하고는 나와 의자에 앉아서 한숨 돌리는 모습을 본 현중은 뜻밖에도 홍지연에게서 오라를 보았다.

"녹색이라……."

자애와 봉사를 의미하는 녹색의 오라가 희미하지만 현중의 눈에 보인 것이다.

현중은 밖으로 나가려던 것을 멈추고 천천히 홍지연의 곁으로 다가갔다.

치우천왕을 만나기 전의 현중이라면 결코 하지 않았을 행동이기도 했다. 확실히 치우천왕의 말이 현중에게 영향을 준 듯 조금씩 현중의 행동이 변화가 보이기 시작했다.

"즐거워 보이는구나."

"…응?!"

홍지연은 불현듯 들리는 목소리에 무심코 고개를 들었다. 그러다가 현중과 눈이 마주치자 놀랐는지 그대로 몸이 굳어 버렸다.

"…어쩐 일이야, 이곳에는?"

"그냥 지나다가 우연히……. 옆에 앉아도 되겠어?"

현중은 친구를 대하듯 편안하게 했지만 홍지연은 당황하면서도 현중의 질문에 서둘러 고개를 끄덕였다.

"아, 앉아."

"고마워."

현중은 그냥 인사치레로 고맙다는 말과 함께 홍지연의 옆에 앉았다.

그렇게 현중과 홍지연은 나란히 앉은 상태에서 한동안 말이 없었다.

"…넌 여전하구나."

결국 홍지연이 입을 열어 현중에게 한마디 하자,

"뭐 그렇지, 내가. 그보다 넌 많이 변했구나."

"나? 으응… 뭐… 나도 많은 일이 있었으니까."

힘없이 웃는 모습이지만 현중에게는 지금까지 알던 홍지연의 그 어떤 미소보다 편안해 보였다.

"최강석은?"

현중은 홍지연이 최강석의 옆에 있을 것으로 생각했다.

"그 사람은… 지금 재판 중이야. 아마 다른 사람들과 같이 한동안 사회와 떨어져 지내겠지."

"그래……."

다시 잠시 대화가 끊어졌다.

그러다 이번에는 현중이 먼저 입을 열었다.

"넌 뭐하고 지내? 방금 보니 환자를 도와주던데."

"나? 지금은 자원봉사 중이야. 간호사 자격증이나 따볼까 하는 생각도 있고."

야망에 불타올라 그룹 회장의 안주인을 목표로 세웠던 과거의 홍지연은 완전히 죽어버렸다.

사람이 변하는 것은 정말 한순간이라고 했던가? 홍지연의 변화가 현중에게는 신선한 충격으로 다가왔다.

정말 평범한 사람으로 변해 버린 것이다. 평범하게 뭔가를 하려고 노력하고 누구에게서나 볼 수 있는 그런 생각과 목표를 가지고 있는 사람으로 말이다.

"힘들지 않니?"

현중이 홍지연에게 묻자 홍지연은 천천히 고개를 흔들면서 싱긋 웃었다.

"아니. 난 오히려 지금이 더 좋아. 처음에는 널 원망도 했어. 하지만 지금은 오히려 고마워. 내가 참 바보처럼 살았다는 것을 깨달았거든. 그래서 난 지금 행복해."

밝은 녹색의 오라가 현중의 눈을 가득 채울 만큼 환하게 빛을 뿜었다가 다시 약해졌다. 그리고 현중은 홍지연과 같이 싱긋 웃으면서,

"그래, 네가 그렇다면 좋은 게 좋은 거겠지. 하지만 힘들면……."

현중은 무의식적으로 옛날 연인 사이였을 때처럼 홍지연의 머리를 쓰다듬었다.

"연락해라."

홍지연은 현중의 행동에 당황했지만 싫지는 않은 듯 거부하지 않았다.

그리고 천천히 고개를 끄덕이면서,

"그래, 정말 힘들면……. 후후훗, 뭐, 그럴 일이 없겠지만."

"잘 있어."

현중은 그대로 일어나 뒤도 돌아보지 않고 병원을 나가 버렸다.

홍지연은 가만히 앉아서 현중이 나가는 모습을 지켜보다가 결국 눈물을 흘리는 자신을 알게 되었다.

"참 바보 같네. 현중이가 다시 나에게 돌아올 일은 없는데 말이야. 결코."

홍지연은 스스로도 잘 알고 있었다. 현중이 다시는 자신에게 다시 돌아오지 않을 것이라는 것을 말이다.

하지만 현중의 존재 자체가 홍지연에게는 마음을 흔드는 존재인 것은 어쩔 수 없었다. 사람 마음이 의지대로 되는 것이 아니니 말이다.

현중도 홍지연의 마음을 흔들려고 일부러 다가간 것은 아니었다.

그저 생각을 고쳐먹은 것만으로도 사람이 저렇게까지 달라질 수가 있다는 사실에 무심코 다가갔다. 현중의 마음속에 이미 홍지연은 과거에 사랑했던 여자 그 이상도 그 이하도 아니었다.

하지만 무언가에 쫓기듯 살던 과거의 홍지연과 비교할 때 지금의 홍지연은 현중에게도 뭔가 깨달음을 주는 면이 있었다.

"결국 사람은 자신이 마음먹기에 따라 모든 것이 변하는 법이지."

그것이 과연 얼마나 변화를 가져오는지 정작 대부분의 사람들은 모르고 있다.

현중도 홍지연의 변한 모습을 직접 만나기 전까지는 모르고 있었으니 말이다.

현중이 힘들 때 연락하라고 한 이유가 바로 그것 때문이다.

현중이 모르는 것을 알게 해준 것에 대한 보답이랄까?

홍지연은 현중이 왜 그랬는지 알 수 없었다. 어쩌면 지금의 홍지연 자신의 모습이 측은해 보여서 그렇게 말했을 것이라고 생각할 수도 있다.

현중은 이런저런 설명을 잘 하지 않는 성격이니 말이다.

하지만 홍지연도 현중의 표정에서 말은 하지 않았지만 느낀 것이 있었다. 결코 측은해 보여서가 아니었다.

또한 과거의 미련이 남아서도 아니다. 여자란 본래 그런 것에 민감한 존재이다.

그렇기에 홍지연은 현중이 결코 자신에게 돌아오지 않을 것이라는 것을 잘 알았다.

　물론 객관적으로 봐도 그저 자원봉사하며 평범한 시민으로 돌아온 현재의 홍지연과 대동그룹을 이끌고 있고 대한민국의 이슈 메이커인 현중과의 차이가 너무 심했다.

　때론 과거의 남자가 현재의 여자에게는 상처가 될 수도 있다.

　물론 현중은 그러거나 말거나 전혀 생각하지도 않고 있지만 말이다.

　"여전히 사람이 많구나."

　야구모자에 뿔테안경으로 대충 변장(?)을 하긴 했지만 역시나 현중 자체의 아우라가 주변의 시선을 끌어당기는 마력이 있었다. 걸어가는 곳마다 돌아보지 않는 사람이 없었으니 말이다.

　특이하게도 현중에게는 부자들만이 가지는 특이한 생활 방식 같은 게 없었다.

　걷는 것을 좋아하고, 간단한 것을 좋아하며, 급하지 않으면 천천히 돌아가는 것을 즐기는 성격이었기에 현재 대한민국을 시끄럽게 하는 대동그룹의 회장이 길거리에 이렇게 혼자 걸어 다닐 것이라고는 아무도 생각하지 못할 것이다.

　물론 현중이 누가 지켜줄 만큼 약하지 않다는 것도 한 이유였지만 자기가 좋아서 저러는데 누가 말리겠는가?

"......?"

현중은 걸어서 대동그룹 본사까지 갈 생각으로 걷다가 문득 코끝을 자극하는 고소하면서도 향기로운 냄새에 고개를 돌렸다.

커다란 건물 사이에 한 평도 되지 않을 작은 카페가 있었다.

물론 카페라고 부르기도 민망할 만큼 작긴 했지만 아기자기하니 손수 그림과 장식을 한 것이 나름 손재주 있어 보이고, 대부분 원목으로 디자인을 해서 그런지 시멘트로 가득한 빌딩들 사이에서 유독 눈에 띄었다.

하지만 현중의 발걸음을 잡은 것은 그런 디자인이 아니라 바로 커피를 로스팅하는 향기였다.

영국은 차의 나라로 알려질 만큼 차 문화가 오래되고 질적으로 높은 곳이다.

그런 영국에서 머물면서 차를 자주 마셔봤기에 현재 눈앞의 한 평도 안 되는 작은 카페에서 로스팅 되고 있는 커피원두의 향기가 얼마나 절묘하게 딱 맞는 온도로 하고 있는지 현중의 코가 먼저 느낀 것이다.

"향기롭군."

현중은 크게 커피 생각이 없었지만 이상하게 발길이 향기를 따라 카페 앞에 머물게 만들었다.

"어서 오세요~!"

현중이 작은 창 앞으로 서자 안에서 반가운 듯 인사하면서 젊은 남자가 다가오더니 현중에게 인사했다.

그런데 현중은 어째 남자가 낯익었다.

"……?"

주문은 하지 않고 현중이 빤히 카페 주인으로 보이는 남자를 바라보자,

"저기… 손님, 뭐로 드릴까요?"

여자도 아닌, 훤칠하니 잘생겨 보이는 남자가 빤히 자신을 바라보는 것이 어색한지 일부러 주문을 하라고 유도하는 듯했지만 현중은 아랑곳하지 않고 계속 바라봤다.

그러다가,

"아……."

현중은 그제야 기억이 났다는 듯 표정을 풀면서,

"혹시 N대 근처 ○○○ 카페에서 일하지 않으셨나요?"

"네?"

느닷없이 현중이 질문을 하자 카페 주인은 반사적으로 고개를 끄덕였다.

"네, 그곳에서 지점장으로 잠시 있었습니다만… 절 아세요?"

오히려 이번에는 카페 주인이 현중을 빤히 보면서 물

었다.

"자주 가던 곳이었습니다. 이상하게 낯익어서 보니 그곳에서 직원으로 있던 것이 기억나서요."

"아, 그러셨군요."

카페 주인은 현중의 말에 활짝 웃으면서,

"얼마 전에 독립했습니다. 뭐… 독립이라고 하기에는 초라하지만 그래도 대출도 좀 받고 해서 번듯한 사장님 소리를 듣고 있죠. 하하하하!"

카페 주인이 자랑스럽게 말하자 현중은 싱긋 웃었다. 그런데 카페 주인도 웃다가 갑자기,

"아, 맞아! 혹시 그분 맞죠? 그렇죠?"

카페 주인도 뒤늦게 현중이 기억났는지 화들짝 놀라면서 현중을 향해 손가락질을 했다. 그러다 서둘러 손을 거두고는 멋쩍어하면서도 반가워했다.

"그때 해준 말씀, 이상하게 머릿속에서 떠나질 않더라고요. 그래서 젊을 때 한번 도전해 보자는 생각으로 이렇게 독립하게 되었습니다. 하하하! 정말 인연이군요. 제가 지점장에서 독립할 수 있는 계기를 준 분과 독립하고 나서 다시 만나다니요."

"그렇군요."

현중이 기분 좋은 듯 웃으면서 맞장구를 쳐주자 카페 주인

은 신이 난 듯,

"어떤 걸로 드릴까요?"

처음에는 그냥 처음 보는 손님과 직원이었지만 시간이 지나 지금은 한 사람의 생각을 바꾼 한마디 말을 해준 사람과 그 말을 듣고 과감하게 도전한 사람으로 다시 만난 것이다. 그러다 보니 자연스럽게 말투부터 친근하게 바뀌어 버렸다.

"방금 로스팅한 걸로 아메리카노 한 잔 부탁합니다. 차가운 걸로요."

"네~!"

기분 좋게 대답한 카페 주인은 고개를 돌리다가 문득 현중을 다시 돌아보면서,

톡톡.

손가락으로 작은 푯말 하나를 가리켰다.

"아시죠? 저희 카페는 오직 테이크아웃으로만 판매합니다."

겨우 한 평 될까 한 작은 곳에 로스팅용 기계까지 가져다 놓고 직접 원두를 볶아서 커피를 판매하다 보니 테이블을 놓고 싶어도 놓을 수가 없었다.

거기다 카페 위치가 번화가에 있다 보니 사람이 많이 다니는 길이라 바깥에 간이 테이블도 불법이어서 놓을 수가

없다.

결국 생각 끝에 오직 테이크아웃으로만 판매하는 방식을 취하게 된 것이다.

"네, 상관없습니다."

시간 때문인지 커피를 기다리는 동안에도 손님은 없었다.

그러다 보니 자연히 현중은 주변을 둘러보게 되었고, 수많은 사람들이 오가는 모습이 자연스럽게 현중의 눈으로 들어왔다.

"훗."

현중은 잠시 주변을 둘러보다가 결국 멋쩍게 웃어버리고는 카페 쪽으로 시선을 돌렸다.

이미 현중의 뒷모습만으로도 모두의 시선을 잡을 만큼 매력적이기 때문이다.

뭐랄까? 유명한 배우가 나왔다가 커피 한 잔 마시려고 하는 모습이랄까?

한마디로 현중이 작은 카페 앞에 서 있는 자체가 하나의 화보였다.

"여기 있습니다."

"수고하세요."

"네~ 손님도 하는 일 다 잘되시길 바랍니다."

　카페 주인의 덕담을 들으면서 현중은 카페를 벗어나 다시 길을 걷기 시작했다.

　그런데 현중이 카페를 벗어난 지 얼마 되지 않아 그 작은 카페에 손님이 몰리기 시작했다.

　"여기지?"

　"응. 방금 그 멋진 남자가 커피 사가던데. 와, 완전 기다리면서 서 있는 모습이 예술이더라."

　"사진 찍었어?"

　"응. 봐봐. 맞지?"

　뜻하지 않게 현중의 튀는 매력 덕분에 젊은 여성들에게 가게가 괜찮은 곳이라는 첫인상을 주게 되었다.

　거기다 그 호기심에 한번 커피를 먹어본 사람들은 인스턴트와 기계적으로 만들어내는 통일된 원두가 아닌, 그날그날의 상황과 습도와 온도에 따라 다르게 원두를 로스팅한 주인의 정성이 가득 담긴 커피를 마시고는 반하지 않을 수가 없었다.

　현중은 한 잔의 커피를 마셨을 뿐이지만, 정말 우연히도 사람의 입소문을 타게 되는 하나의 기회가 된 것이다.

　"날씨 좋네."

　현중은 손에 든 커피를 마셔가면서 걷고 또 걸었다. 사람들이 지나가는 모습과 주변을 구경하면서 느긋하게 대동그룹의 본사에 도착했다.

"음, 뭐, 상관없겠지."

현중은 축지법으로 회장실로 들어갈까 하다가 지금까지 걸어온 게 왠지 허무하단 생각이 들어 그대로 본사 입구로 걸어 들어갔다.

스르륵~

부드럽게 열리는 강화유리 문을 밀고 들어서자 당연히 사람들의 시선이 집중되었다.

물론 현중의 매력적인 모습 때문이 아니라 면바지에 야구모자, 평범한 티셔츠의 옷차림 때문이었다.

이곳은 대동그룹 본사 건물이다.

누가 그렇게 하라고 시킨 것도 아니지만 모두가 정장 차림에 와이셔츠가 기본인 곳이다.

그곳에 집 앞이나 편하게 놀러 갈 때나 입는 옷을 입고 거기다 야구모자까지 쓰고 본사 건물에 들어왔으니 시선이 모아질 수밖에 없었다.

당연히 입구에 있던 보안직원이 현중에게 다가왔다.

"죄송합니다."

"……?"

현중이 보안직원의 말이 고개를 슬쩍 돌려보니,

"이곳은 잡상인 출입이 금지된 곳입니다."

“……?”

현중은 순간 자신을 보고 하는 말인지 감이 잘 오지 않았다가 지금 이곳에 자신 혼자라는 것을 깨닫고는 피식 웃었다.

“잡상인처럼 보이나?”

대뜸 젊은 남자의 목소리에 반말로 대답하자 보안직원은 인상을 살짝 찡그렸지만 정중하게,

“이곳은 대동그룹 본사입니다. 사내 규칙으로 복장이 불량한 분은 출입을 할 수 없습니다. 이만 나가주시죠.”

보안직원은 현중을 알아보지 못하는 듯했다.

하지만 현중은 그런 보안직원의 행동에는 크게 기분이 나쁘지 않았다.

하지만 정작 현중의 심기를 건드린 것은 바로 사내 규칙이라는 말이었다.

“사내 규칙? 대동그룹의 사내 규칙에 복장이 불량하면 출입을 금지한다는 조항이 있던가?”

“…….”

보안직원은 끝까지 반말을 하는 현중의 모습에 귀가 살짝 붉어지긴 했지만 그래도 잘 참고 있었다.

“그만 나가주시죠. 더 이상 이러시면 강제로 내보낼 수밖에 없습니다.”

그래도 막말하지 않는 것만큼은 칭찬해 줄 만했다. 현중도
보안직원을 놀리고 싶은 생각은 없었기에 이쯤에서 모자와
안경을 벗으면서,
  "이래도 나갈까?"

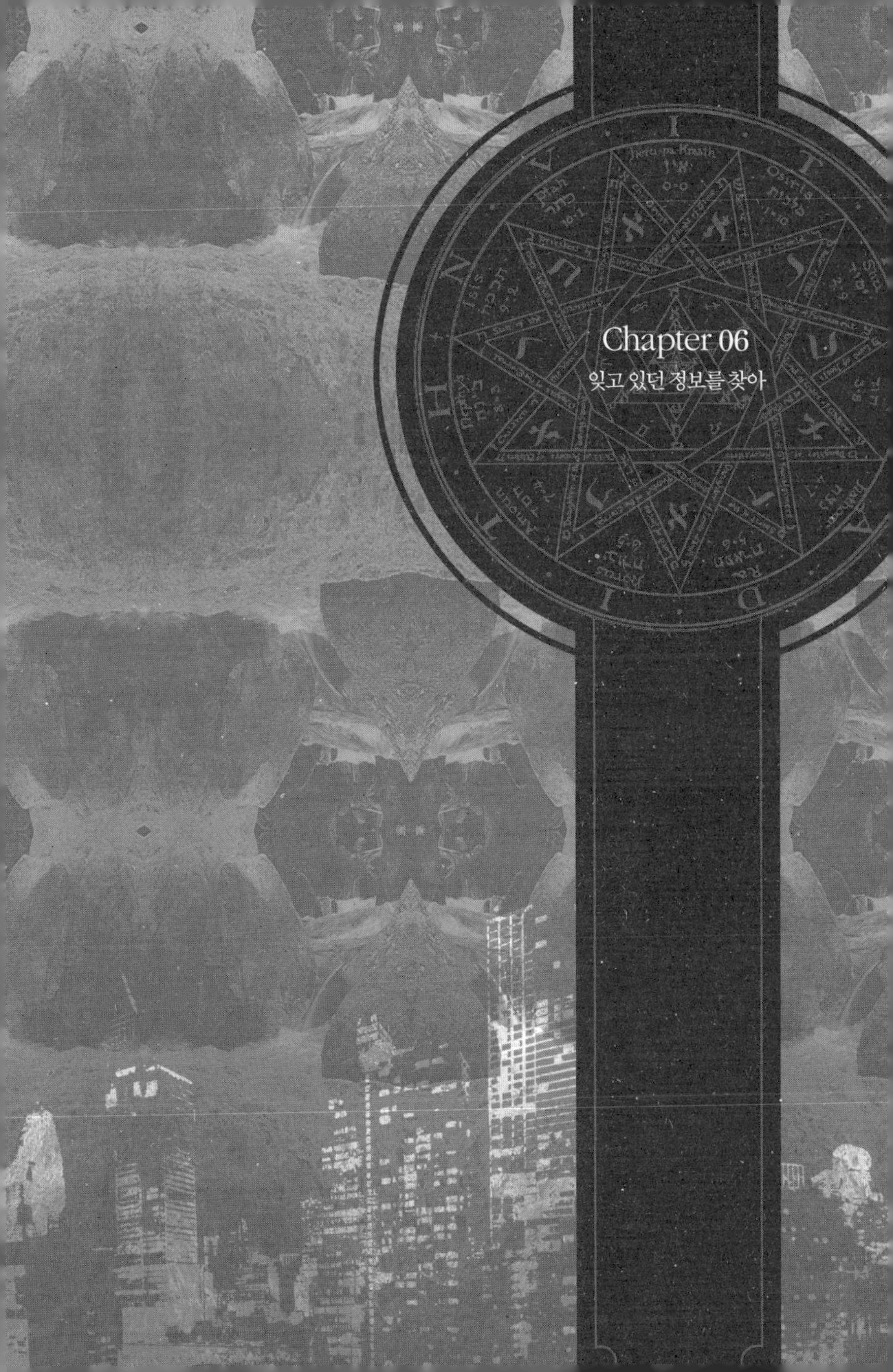

Chapter 06
잊고 있던 정보를 찾아

“협!! 회, 회장님!”

모자와 안경을 벗자 확실하게 현중의 얼굴이 드러났다. 그 모습에 보안직원은 화들짝 놀라면서 말까지 더듬더니 급히 90도로 인사를 했다.

“죄송합니다, 회장님.”

“아니야. 뭐 그런 걸 따질 생각은 없으니까. 내가 편하게 입고 온 것도 있고.”

“죄송합니다.”

보안직원은 현중을 향해 몇 번이나 거듭 인사를 했다. 현중이 어깨를 몇 번 쓰다듬으면서 그만하라고 하자 겨우 고개를 들긴 했지만 표정은 새하얗게 질려 있었다.

"그보다 사내 규칙에 복장 불량은 출입 불가라는 조항이 있습니까?"

갑자기 존대를 하면서 현중이 슬쩍 다시 묻자 보안직원은 당황하면서,

"그게… 일반적으로 보통 회사에서는 복장이 불량하면 잡상인으로 간주하고 출입을 시키지 않습니다. 회사 보안도 있고, 일을 하는 데 방해가 되기 때문에……."

말꼬리를 흘리는 것을 보니 확인되지 않은 것 같았다.

"뭐, 자세한 건 나중 문제고… 그럼 이만."

그 길로 현중은 바로 회장 전용 엘리베이터로 향했다.

보안직원은 현중이 엘리베이터 문이 닫혀서 보이지 않을 때까지 그 자리에서 움직일 수가 없었다.

엘리베이터 문이 닫히고 현중이 완전히 시야에서 사라지자 그제야 보안직원은 한숨을 쉬더니 이마에서 식은땀이 흘렀다.

"간 떨어질 뻔했네. 하마터면 그대로 잘릴 뻔했어."

잠시 자신의 목을 만지고는 자기 자리로 돌아가더니 멀리 있어서 그 상황을 잘 모르는 동료에게 자세하게 알려주었다. 혹시라도 자신과 같은 실수를 할 수 있으니 말이다.

아무튼 현중의 성격과 행동 때문에 여러 사람이 고생했다.

격식이나 복잡한 예절 등을 그리 좋아하지 않는 현중의 성격이 바로 문제였다. 세상에 아무리 그래도 그룹의 회장이 면바지에 야구모자를 쓰고 혼자, 그것도 출근 시간이 훨씬 지난 한가한 시간에 조용히 들어오면 그 누구라도 잡상인으로 생각할 것이다.

"좋은 날~"

현중은 곧바로 회장 전용 엘리베이터를 타고 회장실로 직행했다. 내리자마자 시리에게 가볍게 인사하자, 그녀는 이미 알고 있었다는 듯 공손하게 일어서 마주 인사했다.

―오랜만에 뵙습니다, 회장님.

회사에서는 무조건 회장님으로 호칭을 통일하라고 이미 시켰으니 주인님으로 부르는 실수는 하지 않았다.

"테른 안에 있지?"

―네. 지금 마스터는 서류 결재 중입니다.

멈칫!

현중은 회장실로 들어가려던 걸음을 그대로 멈췄다.

"서류 결재라……. 대충 한 시간은 걸리겠지?"

―이제 거의 끝날 시간입니다. 그리고 이미 회장님이 오신 걸 알고 있습니다만…….

시리는 싱긋 웃으면서 도망가려는 현중에게 한마디 했다.

그러자 현중은 시리를 보면서,

　"어째 너, 점점 테른 닮아간다?"

　―칭찬으로 알겠습니다.

　"…말 잘하는 것까지 똑같아. 쩝."

　현중은 결국 서류 결재한다는 말에 잠시 뒤에 오려다가 그대로 회장실로 들어갔다.

　"수고하고 있구나."

　―마스터, 오셨습니까.

　테른은 현중이 회장실로 들어오자 기다렸다는 듯 일어서더니 탁자에서 벗어나려고 했다.

　"스톱."

　―네?

　"하던 거 마저 해라."

　―이제 마스터께서 오셨으니 제 일이 아닙니다.

　"다시 갈까?"

　―…마스터.

　"알면서 그러네. 내가 그 서류 때문에 대륙에서도 황제를 몇 번씩이나 때려치우려고 했다는 걸 말이야."

　―알겠습니다. 그럼 마스터의 명령으로 생각하고 하던 것은 마무리하겠습니다.

　"땡큐~"

아이러니하게도 대동그룹의 실질적인 주인인 현중은 소파에 앉아서 시리가 가져다준 차를 마시면서 룰루랄라 하고 있고, 테른은 현중 대신 서류 결재하느라 진땀을 뺐다.

그래도 역시 테른이라 그런지 책상에 쌓여 있는 그 많은 서류를 단 30분 만에 해치우는 기염을 토하고는 현중의 곁으로 왔다.

—마스터, 임원급 사원이 부족합니다.

현중이 조그만 비리라도 싸잡아 고발해 버렸으니 임원이 부족할 것이다. 거기다 보통의 그룹에서는 회장이 직접 서류 결재를 위해 이렇게 고생하지 않아도 된다. 하지만 대동그룹의 현재 특이한 구조상 중간에 임원이 부족하다 보니 모두 최종 결재를 위해 회장인 현중에게 집중될 수밖에 없는 형편이다.

"시간이 해결해 줄 줄 알았는데 그게 쉽지 않군."

본래 현중의 예상대로면 지금쯤이면 뭔가 두각을 보이는 인재들이 하나씩 모습을 드러낼 것으로 생각했었다. 하지만 어찌 된 일인지 회사에 생각보다 두각을 나타내는 인재가 없었다.

테른도 현중의 생각을 알고 있기에 나름대로 알아봤는데,

—저희가 대동그룹을 손에 넣을 때쯤에는 이미 귀신 소동으로 많이 무너져 있는 상태였습니다. 거기다 비리가 있긴 하

지만 나름 능력이 있는 임원진이었다는 것이 객관적인 판단입니다.

"알아."

현중도 알고 있었다. 능력이 없는 놈들이 임원진에 앉아 있을 리는 없으니 말이다. 하지만 현중은 누구에게 휘둘리거나 아부하는 것을 별로 좋아하지 않는 성격이다.

이미 대륙에서 황제를 할 때 아부란 아부는 다 받아봤으니 말이다. 지구에까지 와서 아부를 받을 생각이 없는 것도 있지만 무엇보다 현중이 뭔가를 하려고 할 때마다 반대할 것이 뻔한 기존의 임원진을 그대로 놔두고 대동그룹을 이끌 수 없다는 판단에 모조리 잘라 버린 것이다.

본래 뭐든지 반대하고 보는 성격을 가진 녀석들이 있는 법이니 애초에 그 기회조차 잘라 버릴 생각이었던 것이다.

그 예로 이번 전국에 와이파이를 놓는 기획안도 기존에 임원진이 있었다면 가차없이 쓰레기통에 버렸을 것이다.

하지만 현중은 허락했다.

그 결과 대동그룹은 첨단 기술을 보급한다는 이미지가 많이 퍼져서 악덕 기업이라는 이미지는 많이 없어진 상태였다. 물론 돈은 좀 많이 깨지고 있지만 어차피 현중은 돈 벌려고 대동그룹을 운영하는 게 아니니 상관없었다.

기업의 대부분은 이득을 보는 구조를 가지고 있다.

　단 한 달이라도 기업이 수익이 없다면 어떻게 될까? 수입이 단 1원도 없이 몇 달째 기업이 운영되고 직원들 월급이 나가고 있다면? 그건 기업이 아니다.

　대한민국에서 2위를 달리는 천산그룹도 한 달이 아니라 단 보름이라도 수입이 0원이 된다면 무너질 것이다.

　그게 바로 기업의 구조였고 기업이 돈 버는 데 모든 것을 집중하는 이유였다. 사람으로 치면 기업에게 돈은 먹는 음식에 비유할 수 있었다.

　하지만 대동그룹은 먹지도 않고 몇 달 동안 움직이고 있는 것이다. 움직이다뿐인가? 와이파이를 설치한다고 전국에 돈을 쏟아붓고 있지 않는가? 현재 그 어떤 기업보다 활발하게 움직이고 있는 대동그룹의 실상을 사람들이 안다면 혀를 내두를 것이다.

　그런데,

　"왜 쓸 만한 녀석들이 없냐고. 최소한 저런 서류라도 중간에서 처리해 줄 녀석들이."

　그렇게 등잔 밑의 인재를 기다렸건만 나타나지 않고 있는 현재의 상황에 한숨이 나오는 현중이다. 솔직히 현중은 대동그룹을 물려줄 자식도 없고 결혼할 생각도 없으니 대동그룹 자체에 욕심이 없었다.

　하지만 현재 현중이 대동그룹을 떠난다면 당장 내일이라

도 대동그룹은 공중분해될 것이 분명하다. 그렇다면 최소한 일을 좀 덜어줄 사람은 있어야 하는데 전혀 그렇지 못하다는 현실이 한심할 따름이다.

―마스터, 차라리 스카우트를 하시는 게 어떻습니까?

"외부에서 데려오자고?"

―이제 본격적으로 준비에 들어가려면 대동그룹에 매달릴 시간이 없습니다.

"쩝. 그냥 확 팔아버릴까?"

현중은 대동그룹을 다른 누구한테 확 넘겨 버릴까 하는 생각을 했다. 하지만 테른은 고개를 흔들었다.

―현재 마스터께서 대동그룹에서 손을 뗀다면 결과는 똑같습니다. 차라리 귀신 소동으로 무너지게 놔두는 게 더 좋았을 정도로 처참하게 무너질 것입니다.

풀썩!

현중은 테른의 말에 소파 깊숙이 몸을 뉘이면서 한숨지었다.

세상에 못하는 거 없고 안 되는 거 없는 현중이지만 역시나 뭔가 이끌어 간다는 것은 여전히 성격에 맞지 않는다.

대륙에서도 황제이지만 상징적인 역할이 90%였고 무력이 10% 역할을 했던 황제가 아니었던가. 실제로 나라가 돌아가는 것은 모두 현중의 바로 아래 있던 갈릭 공작이 지휘했다.

"뭔가… 획기적이면서도 괜찮은 방법 없을까?"

이제 대동그룹에 이렇게 신경 쓸 여유가 없다.

앞으로 10년.

그동안 현중은 사조성을 치우천왕에게서 배워야 하고 테른은 사이언톨로지의 실체와 그들의 목표, 그리고 그들과 카일라제의 연관성을 찾아야 했다. 아직까지는 사이언톨로지가 카일라제와 연관이 있다는 확실한 증거가 없으니 말이다.

철저한 점조직으로 이뤄진 종교 단체의 특성답게 파고들어 갈수록 마치 양파의 껍질을 벗기듯 그 속을 알 수 없었다.

현재는 현중과 테른이 전부였다. 단둘이서 대동그룹을 운영하면서 사이언톨로지를 찾는 것은 아무래도 테른이라도 한계에 부딪칠 수밖에 없었다. 물론 시리가 있긴 하지만 아직 완벽하게 혈족으로 각성이 끝난 것이 아니라 불완전한 요소가 많기에 우선 제외했다.

"……"

현중은 곰곰이 생각하면서 테른을 빤히 바라보더니,

"테른 너, 봉인 풀어줄까?"

―마스터, 무책임한 말씀이십니다.

"역시 그런가?"

현중도 그냥 해본 말이다. 현재 테른의 봉인을 풀 만한 이유가 없는 것이다. 거기다 테른도 굳이 봉인을 풀어야 할 필요성을 느끼지 못하고 있었다. 마법과 마족인 테른을 위협할 만한 대상이 전혀 없는 지구에서 현재로써도 테른은 충분히 무섭게 강한 존재였으니 말이다.

베이스퍼조차도 테른이 현재 마음만 먹으면 언제든지 죽여 버릴 수 있을 만큼 마족은 강했다.

현중이 비정상적으로 너무 강해서 상대적으로 약해 보일 뿐이지 테른은 현재도 아주 강한 마족이다. 마족 서열 50위는 거저 얻은 게 아니다. 아무리 머리를 주로 사용하는 마족이었지만 서열 50위가 모든 것을 말해주었다.

─마스터, 봉인을 푼다고 해서 제가 두 명으로 늘어나는 것은 아닙니다.

테른은 지극히 객관적으로 현재 봉인을 푸는 것은 전혀 도움이 되지 않는다고 말하고 있다. 현중도 마땅한 타개책이 없으니 말해봤을 뿐이다.

테른의 성격상 마족의 씨를 뿌리고 다닐 녀석도 아니었기에 믿고 있어서 풀어달라고 한다면 풀어줄 수도 있었다. 앞으로 강한 적을 상대하려면 테른의 본래의 힘은 무조건 필요했으니 말이다.

“월급 사장이 필요해.”

현중이 지극히 상식적인 선에서 해결책을 떠올리자 테른도 고개를 끄덕였다. 현중이 대동그룹을 키울 생각은 있지만 집착하지 않는다는 것은 이미 테른도 알고 있었으니 말이다.

“테른.”

―네, 마스터.

“월급 사장을 뽑아볼까?”

―그것도 어차피 외국에서 이미 사용하고 있는 제도로 알고 있습니다.

“역시 그건 좀 약하겠지? 아, 어디 머리 좋고 솜씨 좋고 나랑 의견이 잘 맞는, 사장 할 사람 없으려나.”

작은 회사라도 운영하다 보면 머리가 빠지고 스트레스로 사람들이 늙어가는 데 현중에게 그룹의 운영은 역시 무리이긴 했다. 원래부터 대동그룹을 크게 키우겠다는 그런 목표가 아니라 자신의 존재를 알리기 위한 하나의 도구로 선택했으니 현재 현중에게 우선순위에서 밀리는 것은 어쩔 수 없었다.

―마스터.

“응?”

어디 회사 믿고 맡길 사람 없는지 고민하는 현중에게 테른이 불러 고개를 돌려보니,

―오희연 팀장이 찾아왔습니다.

테른은 현중의 그림자로 사라져 버렸다.

"짜식, 동작도 빠르네."

설마 대륙에서 황제 노릇 하는 것보다 그룹 하나 운영하는 게 더 골치 아플 줄은 몰랐던 현중은 솔직히 대동그룹을 산 걸 후회하는 중이었다.

하지만 어떡하겠는가. 이제는 대동그룹을 버릴 수도 없다. 현중의 돈이 없으면 한순간에 공중분해될 것이다. 지금의 와이파이 기획도, 대동그룹에서 소비되는 돈은 모두 현중의 주머니에서 나가고 있었다.

한마디로 현재 대동그룹의 수많은 사람들을 먹여 살리는 것은 바로 현중의 돈이었다.

"회장님."

현중은 한 것도 없이 영국에서 오자마자 업무 보고를 받았다.

오희연은 그동안 자신이 고민하고 궁리했던 것의 시제품인지 작은 태블릿 모양의 판 하나를 들고 들어왔다.

굉장히 얇은 것으로 한쪽 면은 거의 액정이고 뒷면은 나름 깨끗한 것이, 디자인도 아직 적용되지 않은 시제품이라는 것을 보여주었다.

"이게 뭐죠?"

현중이 오희연이 내민 태블릿 PC를 보고 묻자,

"아직 개발 단계입니다만, W패드라고 이름을 붙였습니다."

"W패드?"

현중은 좀 생소하다는 느낌이 들었다. 노트북이나 일반 데스크 탑이야 시중에 많다. 물론 2001년 현재 컴퓨터 보급은 많이 된 편이지만 인터넷의 발달이 게임 문화를 정착시키는 과정에서 오히려 PC의 고급화와 고사양을 부추기는 바람에 많이 비싼 편이었다.

"우선 성능은 시험적으로 한번 사용해 보시면 금방 알게 되실 걸로 생각됩니다."

오희연은 자신있는 얼굴로 현중에게 우선 한 개만 만든 W패드를 사용해 보라고 했다. 현중이 무의식적으로 손가락으로 몇 번 건드리자 의외로 작동이 잘됐다.

인식률이 좋은지 곧장 잠금창으로 보이는 디자인이 떴다. W패드의 로고(오희연이 직접 디자인함)를 터치하자 마치 케이크가 잘리듯 여덟 방향으로 잘라지면서 본래의 인터페이스가 드러났다. 아직은 동그란 아이콘에 이름만 몇 개만 있었다.

기본적으로 필요한 인터넷 연결 외에도 몇 가지 메신저 프로그램부터 동영상 재생 어플까지 꼭 필요한 것만 들어가 있었다.

오희연도 현중의 그런 마음을 눈치챘는지,

"우선 시제품이기에 가장 기본적인 것만 작동 유무를 살피기 위해서 설치했습니다."

현중은 오희연의 말에 고개를 끄덕이면서 여러 가지를 더 만져 보더니 씽긋 웃었다.

"리눅스 기반 OS를 사용했군요."

"네."

오희연은 현중이 설명도 하지 않았는데 W패드의 베이스 OS가 리눅스라는 것을 알자 살짝 놀랐다. 하지만 현중도 알고 있었던 것은 아니다.

—마스터, 리눅스 기반의 OS를 휴대용에 맞게 새롭게 제작한 플랫폼입니다.

라는 테른의 설명이 있었다.

그래도 명색이 회장인데 조금은 아는 척해야겠다는 생각에 현중은 알고 있었던 것처럼 여유있게 말한 것이다.

"인식도 좋고, 버벅임도 없고. 오류는 어떻죠?"

리눅스나 윈도우 계열이나, 흔하진 않지만 맥OS가 보통 사람들이 알고 있는 대표적인 운영 체제였다. 하지만 거의 오류가 있는 편이다. 물론 그중 단연 으뜸은 윈도우 계열이지만 워낙 편리한 사용성에 보급률은 제법 높은 편이었다.

"현재 버그는 직접 만든 프로그래머를 영입해서 작업 중에 있습니다. 사람들이 가장 많이 사용하는 어플과 프로그램의 호환률을 먼저 검사하는 중에 있습니다."

현중의 오희연의 말을 들으면서 대번에 오희연이 목표로 하는 것이 뭔지 알 수 있었다.

"먼저 출시를 목표로 생각하고 있군요."

현중이 직접적으로 말하자 오희연은 고개를 끄덕이면서,

"당연합니다. 기업이 손해 보면서 살 수는 없으니까요. 와이파이 설치에 들어간 투자금을 회수하기 위해서는 W패드를 많이 파는 방법뿐입니다."

와이파이가 현재는 무료지만 곧 전국에 설치가 완료되면 유료로 전환할 생각이다. 현중이 석유 팔아서 돈을 쏟아붓는다고 해도, 와이파이 유지, 보수비용은 생각 이상으로 많이 들어가기 때문이다.

거기다 와이파이만 전문으로 유지, 보수하는 인원을 새로 뽑아야 하고, 그 외 부수적으로 돈이 제법 많이 들어갈 것이 분명하니 현재까지 2조 원 가까이 투입된 투자비를 어떻게든지 회수를 해야 할 것이 아닌가?

오희연도 대충 대동그룹이 현재 수익이 없다는 것은 알고 있었다. 그러니 먼저 출시를 염두에 둔 것이다.

"단가는 얼마 정도 나오죠?"

현중이 성능이나 조건보다 가격부터 물어보자,

"공장 출하 가격은 최소 15만 원으로 잡고 있습니다."

현중은 가격을 듣고는 잠시 고민하는 듯하다 말했다.

"와이파이 설치는 얼마나 진척이 되었죠?"

"광역시를 비롯해 전국 시 단위는 모두 설치되었습니다. 현재 시를 벗어난 외곽 지역과 인구 30만 명 이상 거주하는 지역을 목표로 움직이고 있습니다."

몇 주 만에 엄청나게 설치했나 보다. 벌써 광역시를 비롯해 시 단위는 설치가 끝나 시험적으로 운영하는 중이라니 말이다.

현중은 W패드를 잠시 바라보다가 오희연을 한 번 더 보고를 몇 번 반복하더니,

"오희연 씨는 어떻게 하면 W패드를 가장 빠르고 많이 보급할 수 있다고 생각하죠?"

현중도 나름 생각한 것이 있지만 그래도 이번 와이파이 기획안 자체가 오희연의 머리에서 나왔기에 슬쩍 물었다.

하지만 오희연은 현중의 뜻하지 않은 질문에 바싹 긴장했다. 현중이 자신을 시험하고 있다고 생각한 것이다. 보통 그룹이나 기업의 오너가 뭔가 질문을 한다면 그건 그냥 묻는 말이 아니다. 그 대답을 어떻게 하느냐에 따라 오너에게 자신의 능력을 평가 받는다.

물론 오희연이 그걸 모를 리가 없다.

"그럼 말씀드리겠습니다."

당당하게, 긴장은 했지만 기죽진 않았고, 뜻하지 않은 질문에 당황은 했지만 허둥대지 않는 오희연이었다.

"네, 가능하다면 오희연 씨가 회장이라면 하는 가정을 해도 좋습니다."

현중은 오희연의 눈동자가 떨리지 않고 있다는 것에 매우 흥미로워하면서 최대한 생각의 폭을 넓게 하라는 뜻으로 말했다. 오희연은 현중의 말에 살짝 웃었다.

"네, 그럼 제가 회장이라면 W패드를 무상으로 배포하겠습니다."

"……?"

현중은 기업은 수익이 어떻고 팔아야 하고 했던 오희연의 조금 전 말과 전혀 다른 말에 고개를 갸웃거렸다.

"우선 몇 가지 장단점이 있습니다. 우선 W패드를 무료로 배포하되, 와이파이를 유로로 전환하는 겁니다. W패드를 무상으로 배포하는 조건으로 유료로 전환하는 와이파이를 2년 이상 장기로 계약하는 사람에 한해서만 무상으로 주는 겁니다. 그럼 W패드로 인해 생기는 손실은 와이파이를 유료로 전환하면서 막을 수 있습니다."

현중은 고개를 끄덕이면서 자신도 그렇게 할까 하는 생각을 했기에 나름 대답에 만족했다. 그런데 오희연은 그걸로 끝이 아니었다.

"제가 지금 W패드 초기형을 최대한 빨리 출시하려는 이유
는 바로 내년에 있을 한일 월드컵 때문입니다."

"한일 월드컵?"

현중은 광고 시너지 효과는 있을지 몰라도 W패드와 월드
컵의 상관관계는 조금 이해가 가지 않았다.

"내년에 월드컵이 시작되기 몇 개월 전에 W패드2를 출시
하고자 합니다. 좀 더 고급화되고 성능을 두 배로 끌어올려
액정도 9인치로 키워서 7인치로 답답했던 사람들의 갈증을
해소해 주는 겁니다. 월드컵을 와이파이로 보기 위해서는 당
연히 화면이 큰 게 더 생동감이 있으니까요. 그리고 W패드2
는 유료로 판매를 하는 겁니다."

한마디로 우선 W패드1은 무상으로 와이파이 고객을 확
보하는 데 사용하고, 우선 7인치로 사람들이 태블릿이 얼마
나 편하고 유용한지 알리는 역할을 하게 하는 것이 목표였
다.

그리고 내년에 월드컵과 함께 시너지 효과를 얻을 수 있
는 W패드2를 출시해서 단번에 9인치로 액정도 크게 만들
고 성능과 모든 것을 두 배로 업그레이드시켜 사람들에게
첨단 제품을 생산하는 그룹이라는 인식을 심어주자는 것이
다.

“흐음.”

현중은 오희연을 말을 듣고는 W패드를 바라봤다. 현재 인터넷 쇼핑 정도는 무난하게 사용할 수 있을 정도의 성능이었고, 메신저나 간단한 동영상도 충분히 돌아갔다. 무엇보다 현재 PDA가 독점하고 있는 휴대용 PC 시장에 커다란 변혁이 되긴 할 것이다.

그런데 오희연은 그게 끝이 아니었다.

“W마켓도 만들 생각입니다. 개발툴을 무상으로 배포해서 저희가 그걸 점검한 다음에 마켓에 올려 수익의 20%는 저희가 받고 80%는 개발자에게 다시 되돌려 주는 방식으로 말입니다.”

현중은 마지막 말에서 잠시 고개를 끄덕이고 오희연을 보니 나름 머리가 좋고 앞을 보는 눈이 탁월해 보였다. 물론 생각대로 잘 될지는 모르겠지만 우선 가능성은 확실히 높아 보였다.

단 하나, 현중의 돈이 한동안 계속 엄청나게 깨질 것이라는 것은 확실했다.

W패드를 무상으로 뿌린다고 했으니.

“그렇게 하도록 하세요.”

“……?”

오희연은 현중이 별다른 말 없이 그렇게 하라고 하자 순간 무슨 말인지 몰랐다. 그러다가 곧 자신이 지금까지 설명했던 것을 그대로 하라는 것으로 알아듣고는 놀랐다.

"설마 지금 제 이야기를 듣고 그대로 실행하실 거란 말씀이세요?"

"네. 오희연 씨가 생각하는 것과 저도 비슷한 것을 생각했지만 좀 더 구체적이고 체계적이니 오희연 씨의 생각을 따라서 하자는 건데 뭐가 이상한가요?"

오히려 회장인 현중이 되묻자 오희연은 당황하면서 손사래를 쳤다.

물론 자신의 기획대로, 생각대로 이루어진다면 회사 생활을 하는 월급쟁이에게는 최고의 희열을 가져다주는 일이다.

하지만 기획안을 올린 것도 아니고 그저 면전에서 생각을 이야기했을 뿐인데 그대로 하라니…….

오희연은 현중이 과연 대동그룹을 운영할 생각이 있는 건지 아니면 인재의 생각 하나까지도 소중하게 생각하는 것인지 도무지 감을 잡을 수가 없었다.

"아, 그리고 와이파이 한 달 월정액은 5천 원으로 통일하세요."

"네?"

오희연은 현중이 말한 5천 원이라는 액수에 놀랐다.

와이파이 설치에 들어간 돈이 얼만데 겨우 5천 원을 받는단 말인가? 오희연은 최소 월 15,000원을 생각하고 올릴까 말까 고민하고 있었는데 말이다. 현중은 그 1/3 가격을 말하고 있으니 놀랄 수밖에 없었다.

"다다익선 알죠?"

"네, 물론 그건 알지만……."

현중은 오희연에게 슬쩍 귀띔하듯 말했다.

"투자는 과감하게, 그리고 1년 뒤를 보지 말고 5년 뒤를 본다면, 전 국민이 대동 네트워크의 와이파이를 사용하고 W패드가 집집마다 하나씩 있다면? 기업 이미지와 함께 월드컵으로 인해 첨단 기업이라는 브랜드 가치도 오르게 되는 것이죠."

"네, 그렇긴 합니다만……."

물론 회장인 현중이 월 5천 원 받겠다는데 오희연이 뭐라고 할 수는 없지만 그래도 너무 싼 가격이다. 그런데 현중은 오희연을 말을 듣고 오히려 5~10년 뒤를 생각하고 과감하게 투자할 생각을 한 것이다.

한국 사람들은 특징이 있다면 한 가지 제품을 써보고 그게 편하거나 자신에게 맞고, 하다못해 불편하지만 않으면 다른 제품으로 잘 바꾸지 않는 경향이 있다.

거기다 가장 처음 무언가를 샀을 때 그 이미지가 제일 오래

남는 법이다.

즉, 현중은 이왕 투자하는 것, 대한민국 국민들 머릿속에 W패드와 대동그룹의 이미지를 완전히 박아버릴 생각인 것이다.

1년 뒤를 보면 미친 짓이다. 수입이 거의 없는 것이나 마찬가지이니 말이다.

하지만 10년 뒤를 본다면 이야기가 달라졌다. 대동그룹은 첨단 기업이라는 이미지와 와이파이를 가장 먼저 보급한 기업이라는 브랜드 가치를 가지게 된다.

그 시너지 효과는 바로 내년에 있을 2002년 한일 월드컵에 나타날 것이다. 전 세계의 사람들이 자기 발로 한국을 찾아왔을 때 W패드를 선보이는 것이다. 전국 어디에서나 와이파이가 터지는 세계 유일한 국가라는 이미지와 함께 말이다.

"오희연 씨."

"네, 회장님."

"W패드, 언제 출하 가능하죠?"

"거의 마무리 단계라서 다음 달이라도 당장 출하가 가능합니다."

이미 기본적인 기술력은 대동그룹이 모두 가지고 있는 상태다. 그걸 어떻게 조합하느냐가 바로 기술의 발전이다.

"그럼 당장 출하 준비하세요. 최대한 많이 생산해 놓는 게 좋을 겁니다. 후후훗."

현중이 웃으면서 말하자 오희연은 얼떨결에 고개를 끄덕였다.

"알겠습니다, 회장님."

"그럼 나가보세요."

대충 일이 끝난 것 같아 현중이 나가보라고 손짓했다. 오희연은 고개를 숙여 보이고 방을 나갔다.

어지간히도 힘든 자리였을 것이다. 일개 평사원인 오희연이 회장인 현중과 마주하고 이야기를 하는 게 얼마나 심리적으로 부담이 가는지 현중은 이해가 갔다. 하지만 그게 전부였다. 겪어보질 않았으니 말이다.

―오희연을 사장으로 앉힐 생각이십니까?

오희연이 나가자 현중의 그림자에서 테른이 스윽 모습을 드러냈다.

"왜? 괜찮지 않아?"

―물론 객관적인 것을 보면 크게 나무랄 곳은 없습니다. 하지만 나이가 젊고 미혼 여성이라는 게 불안 요소입니다.

여자란 본래 사랑에 약한 동물이다.

사장의 위치에 있으면 여러 가지 기업 비밀도 듣고 알게 될 테지만 미혼에 젊은 여성이면 여러 유혹에 쉽게 빠질 수 있다는 커다란 단점이 있다.

현재 대동그룹에는 크게 비밀이랄 것도 없지만 앞으로 W패드가 대박을 치게 된다면, 아니, 대박을 칠 것이 분명한데, 그러면 사정이 달라져 버린다.

기업의 비밀은 기본이고 산업 스파이도 움직일 것이 당연하다.

하지만 현중은 그런 테른의 말에,

씨익~

특유의 미소를 짓고 테른의 가슴을 손가락으로 톡톡 두드리면서,

"지금까지 쓸어 담은 녀석들은 어떻게 했어?"

러시아에서 죽은 특수부대 시체와 그 외도 몇 번 테른은 시체를 남기지 않고 쓸어 담은 적이 있다. 그걸 물어보는 것이다.

―지금 숙성 단계에 있습니다.

"숙성? 그럼 피를 받아들였다는 말이군."

―이미 죽은 시체들이라 크게 문제는 없습니다.

"그 녀석들 꺼내 쓰면 되지."

현중은 그 녀석들을 나중에 오희연을 사장 자리에 올리면 보이지 않는 보디가드로 쓰라고 말하는 것이다. 대륙에서도 황제들은 보이지 않는 곳에 가드를 숨겨두었다. 황제란 자

리가 워낙에 암살과 노리는 사람이 많다 보니 그건 당연했다.

　물론 현중은 그런 게 전혀 필요 없었지만 말이다. 현중을 건드리는 순간 아마 상대는 지옥에 가서도 후회할 테니 현중은 가드를 둔 적이 없었다.

　─알겠습니다. 가드로서 교육을 시키겠습니다.

　"특수부대원이었으니까 크게 힘들거나 하진 않을 거야."

　특수부대원이 테른의 피를 받아 안개화나 어둠 속에 몸을 숨기는 능력을 가지게 된다면? 아마 사상 최강의 가드가 탄생할 것이다.

　"그중 가장 괜찮은 녀석 하나 지금 불러내서 오희연의 그림자에 넣어둬."

　─알겠습니다.

　조만간에 W패드가 세상에 나오면 오희연과 그 팀원은 세상의 관심을 받게 될 것이 분명했다. 당연히 다른 기업에서도 스파이들이 접촉할 것이다.

　현재 가장 스파이들이 노릴 위험성이 높은 사람이 바로 오희연이었다. 모든 기획안과 계획이 그녀의 머리에서 나왔으니 말이다.

　현중은 문득 오희연을 생각하면서 피식 웃었다.

　─왜 그러십니까, 마스터?

“테른.”

―네, 마스터.

“그 말이 딱 맞는다는 생각 들지 않아?

―네?

“세상은 1%의 천재가 99% 사람을 먹여 살린다는 말 말이
야.”

테른은 현중의 생각을 듣고는 고개를 끄덕였다. 이번 오희
연의 경우만 봐도 번뜩이는 아이디어와 기획안 하나가 대동
그룹에 활력을 불어넣고 수많은 대동그룹 사람을 앞으로 먹
여 살릴 테니 말이다.

―세상은 지구나 대륙이나 그렇게 역사를 만들어왔습니
다.

“그렇지. 황제가 지배하는 대륙이나 천재가 지배하는 지구
나 별 차이 없으니 말이야. 하지만 천재가 지배하는 지구는
최소한 혈통으로 골치 아픈 일은 없잖아. 능력이 없으면 바로
바닥으로 떨어지니까.”

―민주주의를 이해하는 데 저도 처음에는 많이 힘들었지
만 지금은 민주주의가 군주제도보다 확실히 진보했다는 것에
는 동의합니다.

“뭐, 그것도 다 신이 존재하지 않는 지구니까 가능한 거지.
안 그래?”

　현중이 카일라제의 존재를 비꼬아서 말하자 테른은 피식 웃었다.

　―마스터의 말에 어느 정도는 동의합니다.

　"후후훗, 어느 정도라……. 뭐, 다들 개인적인 생각은 다른 법이니까."

　그렇게 현중은 오희연을 자신을 대신해서 대동그룹을 이끌어갈 핵심 인재로 점찍어 버렸다. 본인의 의사는 완전히 무시한 채 말이다.

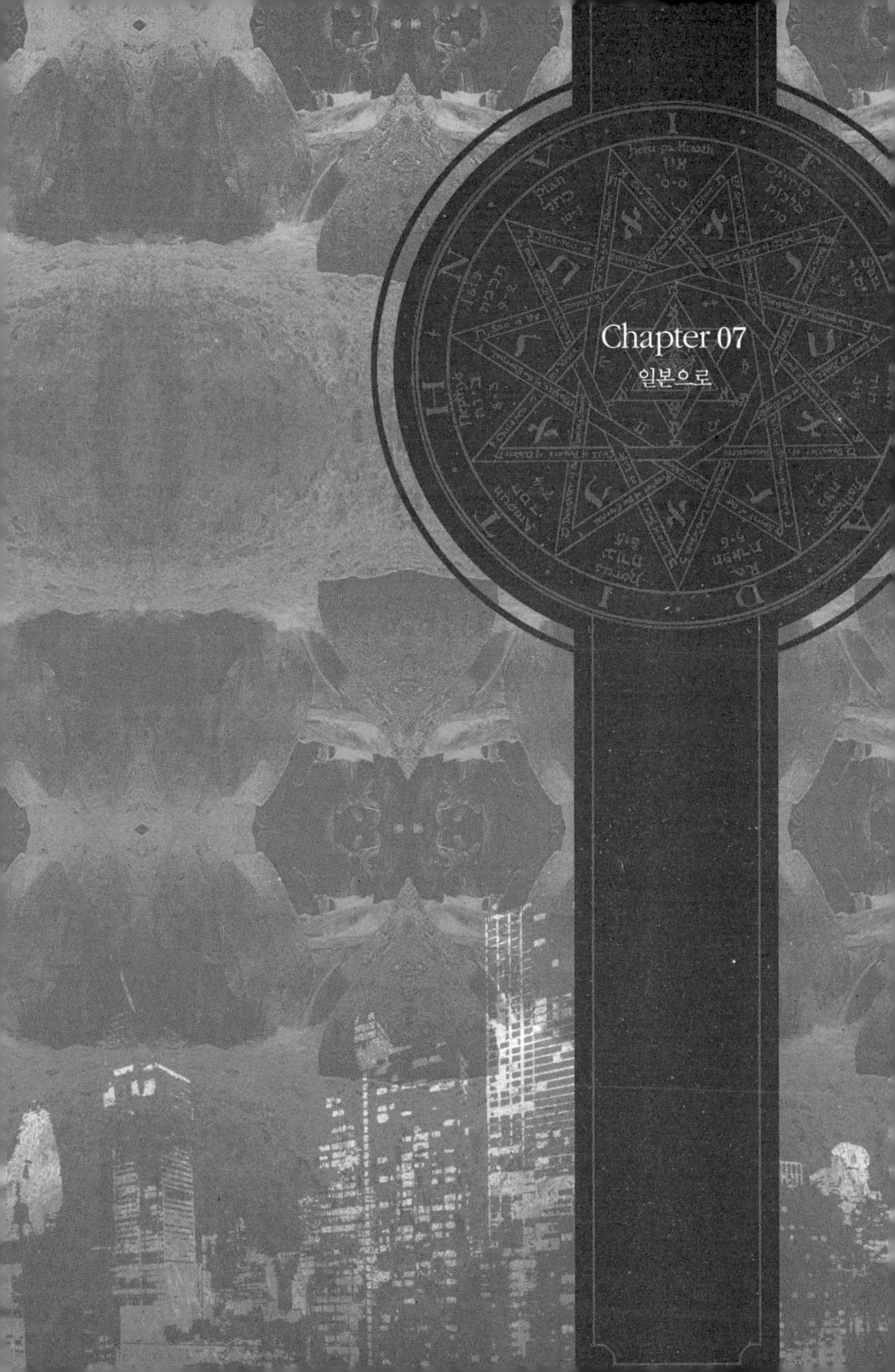

Chapter 07
일본으로

　　회사 일이 일단락되자 현중은 사이언톨로지로 고민하기
시작했다.

　　"테른."

　　―네, 마스터.

　　"사이언톨로지 말이야. 뭔가 꼬투리 잡을 게 없을까?"

　　현중의 말에 테른은 별달리 할 말이 없었다. 대륙처럼 구조
가 단순한 것도 아닌 복잡한 지구에서 아무리 테른이라도 혼
자서는 한계가 있었다.

　　"아, 그냥 관계자였던 녀석이라도 상관없는데 말이야. 조

그마한 정보라도 상관없으니까.”

―알렉산드로가 있지 않습니까?

“그 녀석은… 너보다 더 몰라.”

단칼에 테른의 말을 잘라 버린 현중은 소파에 더욱 몸을 기대면서 골똘히 생각했다.

―마스터.

“응?”

뭔가 고민하는 현중을 테른이 불러 고개만 살짝 돌려보니,

―그러고 보니 한 명 있습니다.

“응? 있어?”

벌떡!

현중은 테른의 말에 소파에서 몸을 튕기듯 일으켰다.

“누구? 누구?”

―카이쇼 무사시. 일본의 마스터 말입니다. 전에 마스터께서 분명히 알렉산드로와 같은 마나석으로 마스터가 된 녀석이라고 말씀하지 않으셨습니까? 그러니 당연히 사이언톨로지와 연관이 있을 것입니다.

짝!!

현중은 테른의 말에 박수를 크게 치면서,

“아, 맞다! 카이쇼 무사시!”

그동안 왜 그 녀석을 잊고 있었는지 자신이 생각해도 한심

할 정도다. 가장 처음 만났고, 사이언톨로지에서 마나석으로
마스터를 만들 수 있다는 것을 알려준 녀석을 까맣게 잊고 있
었다니 말이다.

"왜 그 녀석을 잊고 있었지. 하아……."

스스로도 한숨이 나올 정도다.

─저도 어쩐 일인지 잊고 있었습니다.

테른조차도 카이쇼 무사시의 존재를 완전히 잊고 있었던
모양이다.

"오랜만에 녀석이나 찾아볼까?"

나름 악연으로 이어졌지만 현중에게 그딴 건 상관없었다.
물론 카이쇼 무사시에게 또다시 현중이 찾아간다면 악몽이겠
지만 말이다.

씨익~

현중은 카이쇼 무사시를 생각하자 자신도 모르게 입가에
미소가 크게 그려졌다.

그 모습을 본 테른은 현중에게,

─마스터, 방금 보인 표정, 대륙에서 마왕과 결전을 앞두고
있을 때 보였던 미소와 비슷합니다.

"그래? 크크큭. 왠지 알고 있던 녀석을 다시 찾아가는 게
이상하게 기분이 좋네."

마냥 아이처럼 좋아하는 현중과 달리 카이쇼 무사시에게

는 지옥의 사자가 천천히 다가가고 있었다.

그렇게 현중이 카이쇼 무사시를 향해 미소를 보내는 같은 시각,

부르르!

"갑자기… 소름이……?"

카이쇼 무사시는 검을 들고 짚단 베기를 하다가 한순간에 온몸에 소름이 돋아 오르는 느낌에 실패하고 말았다. 소름은 전신으로 퍼져 털 한 올 한 올을 곤두서게 만들었다.

"무슨 일이 있는 건가?"

직감적으로 뭔가 안 좋은 일이 생길 것 같은 느낌에 아직 여러 개 남은 짚단을 제자에게 치우도록 하고는 씻고 자신의 방으로 들어가 버렸다.

*　　　*　　　*

"일본이라……. 차 사러 왔을 때랑 이번이 두 번째군."

현중은 다시 테른에게 업무를 모두 떠맡기고는 일본으로 넘어왔다. 현중이 일본에서 와본 곳이라고는 전에 맥라렌 살 때 온 외국차 전문 매장이 전부다. 그는 당연히 그 건물 옥상에 모습을 드러냈다.

역시나 두 번째지만 서울과 다른 것은 오직 하나, 간판에

쓰인 일본어뿐이라는 생각에 여전히 현중에게 일본이란 나라가 그리 멀지도 가깝지도 않게 느껴졌다.

원래는 카이쇼 무사시의 마나 특성을 따라 이동하려고 했는데 마나석으로 마스터가 된 녀석들은 하나같이 공장에서 찍어낸 듯 마나의 특성이 똑같아서 구분도 잘 되지 않았고, 이상하게 쉽게 현중에게 감지가 되지 않았다.

마나석의 마나를 쉽게 감지할 수만 있다면 이렇게 사이언톨로지를 찾아서 고생하지 않아도 되겠지만 그게 안 되니 참으로 안타까울 따름이다.

"……"

현중은 이동하기 위해 발걸음을 옮기려고 하는 순간 멈칫거렸다.

"…카이쇼 무사시는 어디 살지?"

그러고 보니 카이쇼 무사시가 어디에 사는지도 모르고 무작정 일본으로 넘어왔다는 것을 뒤늦게 깨달은 현중이다.

"테른."

―네, 마스터.

현중의 부름에 테른은 또다시 현중의 그림자에서 튀어나왔다. 손에 결재 서류를 들고 있는 것을 보니 서류 검토를 하다가 넘어온 듯했다.

"카이쇼 무사시 집이 어디냐?"

─도쿄 외곽에 있는 커다란 전통 일본식 저택입니다. 이곳에서 남쪽으로 정확하게 50km 떨어진 지점에 인근 산을 뒤로 두고 그 저택 하나뿐이니 찾기 쉬울 것입니다.

"그래?"

─제가 이동시켜 드릴까요?

테른은 굳이 모르는 길을 가려는 현중에게 말했지만,

"뭐하러. 금방 가겠구만. 넌 가서 서류 결재하던 거나 계속해."

─네, 마스터.

졸지에 현중의 업무를 떠맡은 테른은 다시 현중의 그림자 속으로 사라져 버렸다. 테른이 완전히 떠난 것을 확인한 현중은 기지개를 한번 켜고는,

"뭐하러 걸어가. 급한 것도 아니고."

시계를 한번 보더니,

"마리아와의 약속 시간도 제법 많이 남았고."

주머니에 손을 꽂아 넣고는 여유 있는 걸음으로 옥상에서 사라져 버렸다.

그리고 다시 현중이 모습을 드러낸 곳은 방금까지 있던 외국 자동차 전문 매장의 옆 골목이었다.

"천천히 일본이 어떤 곳인지 구경이나 하지, 뭐."

이상하게 현중은 급할수록 느리게 생각하고 걷는 버릇이 있었다.

그게 정말 필요할 때마다 마음에 긴장을 풀어주고 컨디션을 조절하는 데 도움이 많이 되는 편이라 좋았다. 대륙에 있을 때도 마족을 상대로 직접 때려 부수면 10년도 걸리지 않을 것을 느긋하게 대륙의 이곳저곳을 둘러보고 생활하다 보니 마족을 모두 몰아내는 데 20년이나 걸렸다.

언어만 빼고는 크게 다를 게 없다고 생각했던 현중은 직접 일본의 거리를 걸은 지 10분 만에 그게 얼마나 잘못된 생각인지 깨닫게 되었다.

앞만 보고 걷는 사람들의 눈동자에는 주변에 무엇이 있든 누가 뭘 하든 전혀 관심을 가지지 않는 무심함이 가득 차 있었다. 더구나 옆에서 누군가 넘어져도 쳐다보는 사람 하나 없었다.

서울도 크게 다른 건 없지만 그래도 아직 주변을 둘러보는 여유가 사람들 눈동자 속에 제법 남아 있는데 일본 사람들에게서는 여유라고는 눈 씻고 찾아도 찾아볼 수가 없었다.

'뭐가 이들을 이렇게 쫓기게 만드는 걸까?'

현중의 모습은 한국이라면 눈총이 따가울 정도로 쏟아졌을 것이다. 하지만 일본인들은 가끔 쳐다보기만 할 뿐, 현중을 보고도 의도적으로 모른 척했다.

"다르군. 너무나."

현중이 한 시간가량 일본 거리의 수많은 사람들의 눈동자를 보면서 마음을 훔쳐 본 결과 한국과 너무나 달랐다. 겉모습이 같다고 같은 사람이 아니다. 생활 습성, 생각이 다르면 그 사람은 완전 반대로 비교될 수도 있다.

인간은 이성의 동물이고 그 이성의 차이로 인해 구분이 되니 말이다.

"재미없군."

현중은 일본의 거리를 걸으면서 주변의 건물과 여러 가지 볼거리는 애초에 관심이 없었으니 눈에 들어오지도 않았다. 다만 일본 사람들의 눈동자만 바라봤을 뿐이다.

그 결과 한 시간 만에 질려 버렸다.

비슷한 생각과 의도적으로, 때로는 어릴 때부터 강제적으로 남을 상관하지 않는 것이 예의라고 배워온 듯한 태도가 금방 싫증이 났다.

현중은 그대로 사람들 틈 속에서 존재감을 지워 버렸다. 처음부터 없었던 사람처럼 말이다.

"이곳인가?"

현중이 도쿄 거리에서 존재감을 지운 채 도착한 곳은 딱 봐도 풍수지리상 배산임수(背山臨水)의 기운이 느껴지는 곳에, 그것도 정중앙에 자리 잡은 커다란 저택이다.

얼마나 큰지 끝에서 끝이 잘 보이지 않을 만큼 긴 담벼락이 가장 인상적이었다.

혹시나 해서 조금 멀지만 가장 높은 빌딩에 올라가 저택을 보니 한마디로 으리으리했다.

"돈 많나 보네."

짝퉁으로 마스터가 되었지만 일본에서는 유일한 마스터라 그런지, 아니면 사무라이를 숭배하는 일본의 특성 때문인지 경북궁의 반 정도는 되어 보이는 크기의 엄청난 저택에 현중은 살짝 헛웃음이 나왔다.

하지만 그런 저택의 모습도 현중의 시선을 오래 잡아 두지는 못했다.

곧장 카이쇼 무사시가 있는 곳을 찾아서 시선을 몇 번 돌렸고, 금방 찾을 수 있었다.

이 정도 거리에서 마나석의 기운을 현중이 놓칠 리가 없다.

스윽~

오른발이 움직이는 것과 동시에 현중은 사라져 버렸다.

그리고 다시 나타난 곳은 가장 크고 멋들어지게 지은 저택의 정면을 둘러싸고 있는 연못이었다.

돌로 지은 다리가 저택의 정면을 감싸고 있는 가장 빠른 길이었다.

그 외는 모두 연못을 크게 돌아서 옆으로 가야만 갈 수 있는, 지극히 비효율적인 구조의 저택이었다.

일본에는 특이하게도 웬만한 저택에는 모두 연못이 있었다.

얼핏 연못의 크기와 개수로 부의 척도를 가늠한다고 들은 적이 있다.

현중이 멀리서 봤을 때 이 저택에는 모두 다섯 개의 크고 작은 연못이 있었고, 지금 돌다리가 중앙을 가로지르고 있는 이 연못이 가장 컸다.

"나름 운치는 있는데… 뭔가 부자연스러워."

저택 안에는 나무도 많고 제법 멋들어지게 꾸며놓은 정원이 있지만 이상하게 현중의 눈에는 마치 조화를 가져다 놓은 것처럼 느껴졌다. 분명히 살아 있는 나무와 연못이건만 현중이 느끼는 것은 이질감이었다.

자연을 병풍 삼아, 정원 삼아 짓는 한국의 형식이 아니라 일본은 자연을 자신의 집에 끌어와서 가까운 곳에서 보고 즐기는 것이 조금 다른 듯했다. 역시나 인공적으로 자기 입맛대로 나무의 위치와 종류를 선별해서 만든 정원은 보기에는 좋을지 모르지만 친근감은 생기지 않았다.

"뭐 상관없지."

현중이 이곳에서 살 것도 아니고 어차피 카이쇼 무사시의 집이었으니 그냥 개인적인 감정으로 묻어버렸다.

잠시 현중이 주변을 살펴보느라고 지체했기 때문일까? 현중의 뒤쪽에서 발걸음 소리가 들렸다.

"누구십니까?"

맑은 일본어 음색이 현중의 귀를 간질이기에 돌아보았다. 긴 생머리를 뒤로 포니테일 형식으로 질끈 동여맨 여자가 검은색 검도복에 목검을 들고 현중을 빤히 쳐다보고 있었다.

뽀얀 피부와 검도복이지만 몸매가 어떨지는 충분히 상상이 가는 여성이다.

"누구십니까? 이곳은 저택의 가장 중심으로 외부인의 출입이 금지되어 있습니다."

현중이 멀뚱히 보고만 있자 여자는 현중에게 다가오면서 조금 큰 목소리로 다시 말했다.

혹시나 못 들었을지도 모른다고 생각했는지 현중을 똑바로 보면서 말이다.

씨익~

현중은 여성의 눈동자를 한동안 바라보더니,

"카이쇼 마사미."

"……? "

카이쇼 마사미는 현중의 입에서 자신의 이름이 나왔지만 그냥 그러려니 했다. 이미 이곳 저택 내에 있는 도장의 모든 문하생이 카이쇼 마사미를 알고 있으니 말이다.

그도 그럴 것이, 카이쇼 마사미는 바로 카이쇼 무사시의 딸이다. 자식이라고는 마사미 하나뿐이라 그런지 제법 애지중지 키운 듯 곱게 자란 티가 났다.

"저를 아는 걸 보니 혹시 문하생이신가요?"

국가 공인 마스터 카이쇼 무사시의 저택에는 돈을 싸들고 와서 검도를 배우려는 문하생이 너무나 많았다. 그러다 보니 마시미가 기억하지 못하는 문하생이 제법 많았다.

마시미는 문하생인가 하는 생각에 물어보다가 가까이서 현중의 얼굴을 보고는 순간 멈칫거렸다.

무표정한 듯하면서도 입꼬리가 살짝 올라간 현중의 미소는 여성의 여심을 흔들기에 충분했다. 거기다 지금까지 현중처럼 뭔가 여성의 마음을 흔드는 마력을 풍기는 미남자는 처음인지 너무나 쉽게 티가 났다.

"문하생은 아닙니다."

"아, 네, 그러세요. 그럼 아버님 손님이세요?"

저택의 가장 깊은 곳이고 카이쇼 가문의 식솔과 직계제자 외에는 출입이 엄격히 금지되어 있는 곳에 현중이 태연하게 서 있으니 물은 것이다.

"손님? 음, 손님도 아니군요."

현중은 잠시 생각하더니 솔직하게 말했다. 정확하게 손님은 아니다. 거기다 멋대로 찾아왔으니 불청객에 가까웠다.

"그래요? 그럼 누구시죠?"

보통은 경계부터 해야 하지만 현중의 얼굴이 확실히 여자들에게는 50%는 먹고 들어가는 듯 마사미는 의외로 조신하게 물었다. 평소 마사미의 말괄량이 성격에 검을 들면 무섭게 변하는 승부욕을 아는 사람들이 봤다면 동영상으로 남겨서라도 자손 대대로 남겨주고 싶은 광경이겠지만 현재는 현중과 마사미 단둘뿐이다.

"정확하게 설명하면… 적입니다."

"네?"

마사미는 순간 자신이 잘못 들었는지 고개를 갸웃거리면서 현중을 빤히 쳐다보았다.

씨익~

현중이 다시 대답하기보다는 그대로 걸어서 연못을 지나 저택의 입구까지 태연하게 가버렸다. 뒤늦게 마사미도 뭔가 이상하다는 것을 느꼈는지 고개를 몇 번 흔들고는 급히 뛰었다.

타타타타탁!

"잠깐만요! 지금 아버님은 명상 중이세요! 이럴 때는 그 누구도 만나지 않으세요!"

아직 현중이 말했던 적이라는 단어를 이해하지 못한 마사미였다.

그런데,

벌컥!

현중이 입구에 정확하게 걸음을 멈춰 서자 딱 맞춰서 저택의 미닫이문이 활짝 열렸다.

그리고 거기에는 카이쇼 무사시가 허리에 검을 차고 서서 현중을 바라보고 있었다.

"아버님……."

마사미는 지금까지 명상을 하면서 도중에 깨어난 적이 없는 카이쇼 무사시의 행동에 그대로 멈추고는 기다렸다.

"오랜만이군."

현중이 먼저 웃으면서 카이쇼 무사시에게 인사하자,

"내 목을 베러 왔나?"

한 치의 감정 변화도 없는 카이쇼 무사시의 목소리다.

하지만 현중은 고개를 흔들고는,

"몇 가지 좀 물어보려고 왔지."

"……."

카이쇼 무사시는 현중의 대답에 잠시 빤히 현중을 바라보

더니,

“들어와라.”

그대로 몸을 돌려 거실 겸 응접실로 쓰이는 곳에 앉았다.

현중은 들어오라는 말에 아무렇지 않게 카이쇼 무사시를 따라 저택 안으로 들어가 제법 큰 탁자를 서로 마주 보고 앉았다.

“……”

“……”

잠시 몇 분간 침묵이 흐르면서 카이쇼는 현중을 바라봤고, 현중은 카이쇼를 바라봤다.

그러다 카이쇼 무사시가 먼저 입을 열었다.

“마사미.”

“네, 아버님.”

자신을 부르는 소리에 마사미가 곧장 달려와 고개를 숙였다.

“차와 다과를 내오너라.”

“네.”

그렇게 카이쇼 무사시의 말을 들은 마사미가 저택 뒤로 사라졌다.

“뭐가 궁금해서 나를 찾아왔지?”

카이쇼 무사시는 현중을 향해 한 번도 눈빛을 옆으로 흘린

적이 없다. 마사미에게 지시할 때도 눈은 분명히 현중을 보고 있었다. 그런데 현중은 피식 웃더니,

"변했군."

성질 급하고 자만심이 가득 차 있던 카이쇼 무사시의 모습은 지금 찾아볼 수가 없었다.

"패배란 때론 성장의 밑거름이 되는 법이지."

카이쇼는 자신이 졌다는 것을 인정하고 있는 듯했다. 그러기 쉽지 않았을 텐데 의외로 편안해 보이는 카이쇼의 모습에 현중은 홍지연뿐만이 아니라 카이쇼 무사시도 자신으로 인해 변했다고 판단했다.

"발전이 있었나 보군."

현중이 지그시 카이쇼 무사시를 바라보면서 말하자,

"뭐, 자네 덕분에 처음으로 벽이란 것을 보았지. 내가 알고 있던 마스터의 경지가 겨우 시작이라는 것을 말이야."

씨익~

현중은 카이쇼의 대답에 기분 좋은 미소를 지었다.

비웃거나 그런 것이 아니라 카이쇼의 변화가 그리 나쁘지 않은 것이다.

현중에게 일본 사람이라고 무조건 싫다거나 나쁘다는 편견은 없었다. 물론 하는 짓이 욕 나오긴 하지만 카이쇼 무사시가 독도를 자기네 땅이라고 우기는 것도 아니고 카이쇼 무

사시에게 있던 개인적인 감정은 이미 그때 다 풀어버린 상태였다.

현중은 감정을 질질 끄는 타입이 아니다. 좋으면 좋고 싫으면 싫은 것이다. 어중간한 것은 스스로 싫어하는 성격이다 보니 과거의 일로 카이쇼 무사시와 드잡이할 생각은 추호도 없었다.

물론 카이쇼 무사시가 과거와 같이 속 좁은 밴댕이 성격을 가지고 있으면 무조건 발아래 때려눕히고 이야기를 시작했겠지만 지금 보니 그럴 필요는 없어 보였다.

"좋은 일이군."

현중이 순수하게 칭찬하자 카이쇼 무사시는 그제야 입가에 미소를 보이면서,

"그대 덕분이지. 과거의 나라면 절대로 깨닫지 못했을 테니까. 압도적인 무력, 그리고 내가 처음으로 너무나 무기력하다는 것을 느낀 뒤로… 난 변해야 했으니까."

독백 같은 카이쇼 무사시의 말에 현중은 그저 조용히 듣기만 했다.

미안하다거나 하는 감정은 손톱의 때만큼도 없다. 주제를 모르고 덤빈 카이쇼 무사시의 잘못이니 말이다.

"내가 물어볼 것은……."

"잠깐."

현중이 막 이곳에 온 목적을 말하려고 할 때 카이쇼는 현중의 말을 막았다. 그리고,

"엿듣는 것은 내가 가르치지 않았다! 나와라!"

카이쇼가 굳은 표정으로 외치자,

드르륵!

옆방 문이 열리면서 마사미가 다과를 손에 들고 들어왔는데 뒤에 두 사람이 더 있었다.

한국에서 본 적 있던, 카이쇼의 제자 녀석 두 명이 마사미 뒤에서 모습을 드러낸 것이다.

제자가 마사미의 뒤를 따라들어 오자 카이쇼는 이마를 찡그리면서,

"사부가 그리 하찮게 보이더냐."

"아닙니다, 사부님!"

두 제자는 카이쇼 무사시를 향해 납작 엎드려 절을 하면서 고개도 들지 못했다. 카이쇼는 그들을 내려다보다 입을 열었다.

"카토, 마사키."

"넷, 사부님."

"넷, 사부님."

마치 서로 맞춘 듯 똑같이 대답한 하야토 마사키와 히야부시 카토는 여전히 고개를 다다미 바닥에 바짝 붙이고 있는 상

태였다.

"그만 물러가라."

카이쇼가 냉정하게 축객령을 내렸으나 카토와 마사키는 꿈쩍도 하지 않았다.

"사부의 말이 말 같지 않나 보구나, 너희들은."

카이쇼는 현중이 보는 앞에서 제자가 자신의 명령을 듣지 않는 것에 자존심이 상한 듯 날카롭게 노려보며 다그쳤다. 그때,

"아버님!"

마사미가 중간에 끼어들었다.

이런 상황에도 현중은 여유있게 앉아 있을 뿐이었다. 마치 구경하듯 말이다.

"너도 물러가거라."

카이쇼는 자신의 치부를 절대로 그 누구도 알아서는 안 되기에 혈육인 마사미에게까지 축객령을 내렸다. 하지만 오히려 마사미는 현중을 무섭게 노려보면서,

"저 사람이 저번에 한국에 갔을 때 싸웠던 적이라는 말씀을 어째서 저에게 해주지 않으셨습니까."

카토와 마사키에게 현중에 대해 들은 듯 처음과 달리 마사미는 적개심 가득한 눈으로 현중을 바라보고 있었다. 현중은 그런 마사미의 눈길은 아예 무시하고는 엎드려 있는 카토와

마사키를 유심히 바라보았다.

마사미는 당당하고 거칠 것이 없던 카이쇼가 한국을 다녀온 뒤로 식음을 뒤로하고 명상에만 집중하는 모습에 얼마나 애를 태웠는지 모른다. 같이 한국에 갔던 제자 중 카토와 마사키에게 물어도 봤지만 다들 무슨 말이라도 들은 듯 입을 다물고 그 어떤 대답도 해주지 않았다.

답답하던 찰나 카이토가 일주일 만에 명상을 깨고 다시 움직인 것이다.

하지만 명상을 깨고 다시 나온 카이쇼는 완전히 달라져 있었다.

당당한 모습은 있지만 거칠 것이 없던 성격은 진중하게 바뀌어 버렸고, 그 후로 검술에 매진하면서 무언가 찾으려는 듯 명상을 하는 시간이 길어졌다. 거기다 명상 중에는 그 누구도 만나지 않았다.

그래도 다시 정상적으로 돌아온 카이쇼의 모습에 마사미는 안심하고 지내고 있었다. 그런데 현중이 왔고, 그것을 때마침 들어온 마사키와 카토로 인해서 모두 알게 된 것이다.

카토와 마사키는 현중이 다시 카이쇼를 찾아왔다는 말에 결국 마사미에게 모두 말해준 것이다.

물론 현중은 모두 다 알고 있었다. 이미 카토와 마사키가 저택 입구에 들어설 때부터 알고 있었다. 일부러 모른 척한 것이다. 어차피 현중에게는 안중에도 없는 녀석들이 늘었다고 해서 달라질 것은 없으니 말이다.

"적이었다. 하지만 지금은 아니다. 됐느냐?"

강압적으로 자신이 할 말만 하는 카이쇼의 모습에 마사미는 잠시 현중을 무섭게 노려보더니,

"죄송합니다, 아버님. 물러가겠습니다."

다과를 카이쇼 앞에 두고 그대로 나가 버렸다. 탁자 중앙에 현중의 몫으로 가져온 차와 다과는 그대로 놔둔 채 말이다.

이렇게 마사미는 나가 버렸지만 카토와 마사키는 요지부동이었다.

"정말 너희들이 사부의 얼굴에 먹칠을 하려는 것이냐!!"

결국 카이쇼가 화를 내면서 마나를 활성화시켰다. 그가 살기를 뿌려대자 카토와 마사키는 움찔거리기는 했지만 여전히 그대로 있었다.

그때 카토가 입을 열었다.

"사부님, 어째서 저자와 마주 보고 차를 나눈단 말입니까."

카토에게 현중은 정말 잊으려야 잊을 수 없는 치욕을 준 사람이었다. 지금도 꿈에 나오면 가위에 눌리는 후유증에 시달리는 중이었다.

마사키도 카토와 비슷하긴 했지만 카토처럼 시기와 질투 때문이 아니라 카이쇼의 안전이 걱정되어서 움직이지 않고 있는 것이다. 그 당시에도 도움이 되지 못했지만 그렇다고 수제자가 되어서 적이 눈앞에 뻔히 있는데 그냥 물러나란다고 물러날 수는 없었다.

"분명히 말하지 않았느냐! 적이었지만 이젠 아니라고! 카토, 네놈은 나의 명을 거역할 것이냐!!"

"으윽! 그게… 사부님……."

카이쇼가 살기를 카토에게 집중하자 카토는 살기를 견디기 힘든 듯 온몸을 떨면서 식은땀을 흘렸다. 그러다 결국 뒷걸음질을 치면서,

"죄송합니다. 제가 어리석었습니다."

"흥! 물러가라!"

카이쇼가 화가 난 목소리로 말하자 카토는 그대로 나가 버렸다. 하지만 여전히 남아 있는 마사키 때문에 카이쇼는 여전히 심기가 불편했다.

"너도 카토와 같은 생각이냐?"

카이쇼는 마사키의 성격을 잘 알고 있었다. 카토는 총리의 아들로 태어나 부족함 없이 자란 탓에 제멋대로였으나, 마사키는 그렇지 않았다. 이성적이었고 진중했다. 그래서 카이쇼는 카토에게처럼 매몰차게 대하진 않았다.

"전 그저 적을 눈앞에 두고 사부님을 혼자 둘 수 없습니다."

진심이다.

카이쇼도 그걸 알지만 이제 현중과 나눌 대화는 그 누구도 들어서는 안 되었다.

그렇기에 조금은 매몰차더라도 차갑게 말했다.

"마사키."

"네, 사부님."

"네가 있다고 해서 달라질 것이 있느냐?"

무섭도록 잔인한 말이다. 그것도 수제자에게는 더더욱. 하지만 카이쇼는 그렇게 해서라도 내보내야 했다. 마사키가 얼마나 고집이 센지 잘 알고 있으니 말이다.

아끼는 제자이고 자신의 뒤를 이을 가장 유력한 제자지만 자신의 비밀만큼은 절대로 알아서는 안 되었다.

"죄송합니다, 사부님. 제가 미천하여… 도움이 되지 못할지도 모릅니다. 하지만……."

"됐다. 네 마음을 모르는 것은 아니지만 과거의 적이 현재도 적이라는 고정관념은 버려라. 알겠느냐?"

카토와 달리 끝까지 부드럽게 대하는 카이쇼의 모습에 마사키도 결국,

쿵!

일본 특유의 바닥인 다다미에 이마를 한번 크게 찧고는,

"죄송합니다. 이만 물러나겠습니다."

카이쇼의 말을 알아들은 듯 가장 늦게 방에서 나갔다.

그렇게 모든 사람들이 물러나자 잠시 주변을 살피던 카이쇼는 그제야 표정을 풀었다.

"못난 꼴을 보였군."

카이쇼의 진심이다.

제자도 제대로 관리하지 못하는 것은 가르치는 입장에서 아무래도 치부가 될 수 있으니 말이다.

하지만 현중은 웃으면서,

"정말 못난 꼴은 과거의 자신일 테지."

날카롭게 공격하는 현중의 말에도 카이쇼는 얼굴 표정 하나 변하지 않고,

"그렇지. 과거의 나였다면 카토와 같았을 테지. 힘에 취해 내가 최고라는 생각에 사로잡힌 채로 말이야."

그리고 앞에 있는 차를 한 모금 마시려다 탁자 중앙에 아직도 그대로 있는 현중 몫의 차와 다과를 보았다.

"미안하군. 딸이 그대로 나가다니 내가……."

"아니야."

현중은 카이쇼가 직접 일어서려는 것을 가볍게 손으로 제지하고는,

"괜찮아."

그렇게 말한 다음 손을 살짝 뻗어 차로 향했다.

그러자,

드드륵, 드드륵, 드르륵.

허공에서 무언가 잡아당기는 것처럼 탁자 중앙에 있던 차가 흔들리더니 천천히 현중의 손으로 이동하기 시작했다.

"……!!"

카이쇼는 현중의 그런 모습에 두 눈이 찢어질 만큼 놀랐다.

허공섭물(虛空攝物).

말 그대로 내공의 힘만을 이용해서 물체를 끌어당기는 것이다.

무협지에나 그런 유의 소설에는 자주 등장하는 단골손님이지만 현실에서는 말도 안 되는 것이라고 생각하고 있던 카이쇼다.

자신도 허공섭물을 해보고 싶다는 생각에 몇 번 도전한 적이 있지만 어림도 없었다.

잔이 깨지거나 아예 반대로 강하게 밀려 버려 탁자를 부숴 버린 적이 있을 만큼 내공의 조절이 결코 쉬운 게 아니었다.

하지만 지금 그 불가능하다고 생각했던 허공섭물을 현중은 아무렇지도 않게 보여주자 놀랄 수밖에 없었다.

덥석!

현중은 그렇게 허공섭물로 당긴 찻잔을 손아귀에 쥐고 한 모금 마시더니,

"향이 좋군."

"훗, 독이 있을 것이라고는 생각하지 않는가?"

카이쇼는 마시미와 제자들의 태도를 보고 그 누구라도 차에 독이 있을 것이라고 의심하리라 예상했는데 현중은 아무런 거리낌 없이 차를 마셨다.

"독이 있다면 친절하게 나에게 가져다주고 나갔겠지. 적으로 생각했다면 말이야. 그리고 카이쇼 무사시가 그렇게 치졸한 사람은 아니라고 판단했거든."

어차피 현중의 몸 자체가 하나의 단전으로 되어 있어 만독불침이다. 그 어떠한 사기도, 독도, 해로운 기운도 현중에게는 소용이 없었다.

특히나 신성력과 비슷한 천기(天氣)의 성질을 가진 현중의 마나는 한마디로 몸에 해로운 모든 것으로부터 천하무적이나 마찬가지였다.

"크크큭. 그래, 역시 자네는 큰 사람이었어."

카이쇼는 현중의 태평한 모습에 크게 웃으며 현중을 인정했다.

무력은 이미 강하다는 것을 알고 있지만 생각까지 따라가지 못할 만큼 강자인 것이다.

“뭐가 궁금하지?”

카이쇼가 현중의 질문을 유도했다. 현중은 마시던 찻잔을
내려놓으며 짤막하게 말했다.

“마스터로 만들어준 녀석들의 정체.”

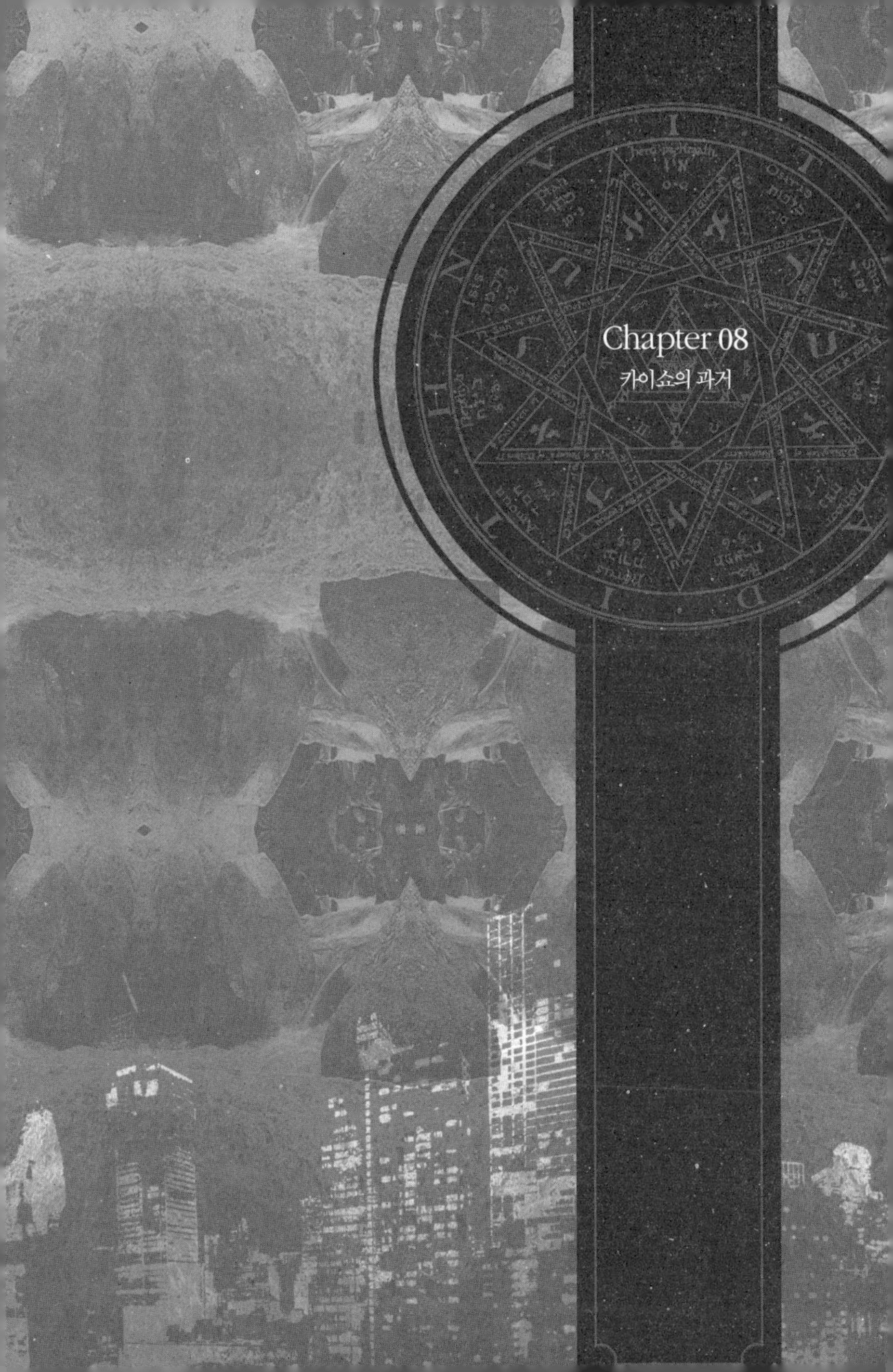

Chapter 08
카이쇼의 과거

"……"

별다른 부연 설명도 필요 없이 직설적으로 현중이 물었다. 카이쇼는 그럴 줄 알았다는 듯 잠깐 생각하더니,

"이야기를 하자면 40년 전으로 거슬러 가야겠군."

자신의 과거를 이야기하기 시작한 카이쇼와 현중의 대화는 무려 세 시간이 넘도록 계속되었다. 그중에는 현중이 원하는 대답도 있었지만 대부분은 카이쇼 본인의 수행에 관한 이야기였기에 애초에 뭔가 얻으려고 한 것과 달리 크게 건진 것은 없었다.

"이게 내가 말해줄 수 있는 전부이네."

"그래."

현중의 표정에서 카이쇼는 원하는 대답을 얻지 못했다고 판단했다.

"자네가 건진 것은 없나 보군."

"뭐… 기대만큼은 아니었지. 하지만 확실해졌군. 사이언톨로지가 관련되어 있다는 것은."

끄덕.

카이쇼는 대답 대신 고개를 끄덕이고는 다 식은 차가운 차를 그대로 비웠다.

"왜 그들에 대해서 알고 싶은 거지?"

이번에는 카이쇼 차례였다.

하지만 현중의 대답은 너무나 간단했다.

"방해꾼, 아니면 적. 둘 중에 하나거든."

"방해꾼? 적?"

현중의 대답에 카이쇼는 잠시 몇 번 현중의 말을 되새기더니 의미심장한 표정을 지었다.

"그들과 관련이 없다는 말이군."

"지금은. 하지만 앞으로 아주 관련이 많아질 거야. 좋든 싫든 말이야."

어차피 한 번은 맞붙어야 하는 상대가 사이언톨로지다.

마나석을 뿌려대면서 마스터를 만들어내는 이유가 궁금해
서라도 한번 붙어볼 생각이다.

다섯 개만 있어도 랜덤이지만 차원의 문을 열 만큼 엄청난
물건이 바로 S급 마나석이다. 그런데 그걸 사람의 몸속에 집
어넣어서 마스터를 만들어내는 그 속내가 너무도 궁금했다.

"후후훗, 그거 반가운 소리군."

"……?"

현중이 카이쇼의 바뀐 분위기에 잠시 바라보자,

"나도 그 녀석들과 악연이 좀 있어서 말이야. 두 번 정도
죽을 뻔한 뒤로 어쩔 수 없이 이렇게 숨어 있긴 하지만 그것
도 질려가는 참이거든."

현중은 카이쇼가 말하는 녀석들이 대충 누군지 알 것 같았
다.

러시아에서 이미 만나봤으니 말이다.

'테른, 아귀들 사진을 보내라.'

현중이 속으로 의념을 전하자 러시아에서 만난 아귀들을
찍은 사진 몇 장이 현중의 손에 잡혔다.

현중은 태연히 탁자 위에 사진을 올리고는 마나를 살짝 실
어서 허공에 날려 카이쇼 앞에 내려앉게 했다.

이미 한 번 본 허공섭물이라 놀라진 않았지만 사진을 마음
대로 조종할 정도면 도대체 경지가 어느 정도인지 카이쇼는

감이 잡히지 않았다.

"이건……?"

사진이 뒤집혀 있어 카이쇼가 현중에게 묻자,

"혹시 그 녀석들을 아는가 해서 말이야."

현중이 사진을 보라고 말하자 카이쇼는 사진을 뒤집었다.

"……!!"

사진을 보자마자 카이쇼의 표정이 급변했다. 한참이나 뚫어져라 사진을 바라보던 그는 한숨을 내쉬며 내려놓았다.

"이 녀석들이었다, 나를 습격한 건."

"그래? 그런데 어떻게 살아남았지? 그것도 두 번이나?"

러시아에서 죽은 시체에서 마나석을 꺼내 삼키는 것을 봤으니 아귀들의 목적은 카이쇼가 아니라 카이쇼 몸속에 있는 마나석일 게 분명했다. 그런데 카이쇼의 실력으로는 최하위급 노예로 부리는 마족도 결코 상대가 될 수 없었다. 그 정도로 마족과 인간의 전투력은 하늘과 땅 차이인 것이다.

"운이 좋았지. 한 번은 물에 뛰어들어 살았고, 또 한 번은 음양사의 도움을 받았지. 지금 이 저택과 내 몸에는 그들이 나를 찾을 수 없도록 기척을 감춰주는 부적이 있는데, 특별히 음양사가 나를 위해 만들어준 것이지."

"부적?"

현중은 설마 부적으로 그들을 따돌리고 아직까지 숨어 있다는 생각을 못했다.

"나름 실력있는 자로 세이메이의 직계 후손이야. 실력 하나는 나라에서 공증하는 몇 안 되는 음양사거든."

확실히 실력은 있는 듯했다. 아귀들이 아직도 카이쇼를 찾아오지 않은 것을 보면 말이다.

"하지만……."

카이쇼는 잠시 허공을 바라보다가,

"이렇게 숨어만 있어서는 발전이 없어. 평생 부적에 의지하면서 살아갈 수도 없네. 최소한 자네 발끝이라도 따라갈 정도의 실력이라면… 시원하게 붙어보고 싶은 마음이 굴뚝같거든."

두 번이나 죽을 고비를 넘겼으니 아귀들이라면 카이쇼도 치가 떨리는 모양이다.

"그리고 이건 내 생각인데, 그들이 나를 마스터로 만들어주고 난 뒤 찾아오질 않다가 3년째 되는 날 갑자기 찾아와서 나를 죽이려 했었네."

"3년?"

"그래, 정확하게 3년이 되는 날 불쑥 나를 찾아왔지. 그때 난 오오야마 마스타츠님의 뒤를 이어 세계를 여행하는 중이었네."

"오오야마 마스타츠?"

이상하게 낯익은 이름이다.

"한국에는 최배달로 알려진 분으로, 미야모토 무사시님과 함께 일본에서는 무술을 하는 사람들이 손가락으로 꼽는 분이지."

최배달이라면 너무나 유명하기에 현중도 알고 있다.

바람의 파이터라는 별명답게 전 세계를 돌면서 단 한 번의 패배도 겪지 않았고, 스페인에서는 맨손으로 투우 소의 뿔을 부러뜨린 일화로 유명한 사람이 아닌가.

현중처럼 마나를 이용한 내공이 아닌 순수 외공의 힘만으로 전 세계에 극진 가라테를 알린 인물이다.

물론 한국 사람이긴 하지만 만화가가 연재를 하기 전까지 한국에서는 극히 일부만 알고 있는 인물이기도 했다.

워낙에 바람과 같이 살다 간 사람이라 남자의 로망을 자극하는 무언가가 있는 인생이었다.

"도장깨기 말하는 거군."

"그렇지. 일본 역사상 도장깨기를 시도한 사무라이는 많지만 실제로 그걸 성공한 분은 미야모토 무사시님과 오오야마 마스타쯔님이 유일하네."

나름 자부심이 가득한 듯하다.

그래도 미야모토 무사시가 최배달보다 먼저 도장깨기를 실행했고, 역사를 만들었으니 말이다. 미야모토의 성을 잇는 직계는 아니지만 그래도 카이쇼는 무사시라는 이름을 사용할 만큼 나름 자부심이 있는 듯했다. 그리고 국적을 가리지 않고 강자를 인정하는 것은 본래 성격인 듯했다.

마스터가 되면서 환경이 그를 떠받들다 보니 인하무인적인 면이 드러나긴 했지만 솔직히 갑자기 강해지고 엄청난 권력이 손에 쥐어진다면 누구라도 제정신일수가 없다.

보통 연예인 중에 무명이다가 갑자기 스타가 되면 주변에서 성격 나쁘다, 제멋대로다 하는 말이 나오는데 바로 카이쇼와 비슷해 보였다.

"나도 시도는 했지만 공인 마스터가 된 뒤로 그 누구도 도장깨기의 도전을 받아준 곳이 없었지."

카이쇼는 도장깨기를 하지 못한 것이 유일하게 마스터가 되고 나서 후회하는 일 중 하나였다.

"그럼 이만 일어날까?"

현중이 더 이상 들을 이야기가 없다는 생각에 일어서려고 하자 카이쇼가 불쑥 한마디 했다.

"아까 내 제자 중에 하야토 마사키를 유심히 보던데?"

현중이 바라보긴 했지만 굳이 하야토 마사키만 특정해서 본 것은 아니었다. 카이쇼의 위치상 우연히 현중의 시선이 하야토 마사키에게 고정된 것처럼 보인 것이다.

"그냥……"

　현중은 단순하게 사부에게 대드는 제자들의 모습이 신기해서 바라본 것뿐이다. 수제자라면 사부의 말은 하늘이다. 성기사가 신탁을 위해 목숨을 버리듯 수제자는 사부의 명령에 죽는 시늉이라도 해야 한다는 게 현중의 생각이다.

　물론 시대가 많이 변하긴 했지만 카이쇼 무사시의 성격이라면 그럴 것으로 여겨졌다.

　"혹시… 하야토 마사키를……. 아니야."

　뭔가 말을 하려다가 삼키는 카이쇼의 모습에 오히려 현중이 호기심이 생겼다.

　"뭐지? 내가 알면 안 되는 것인가?"

　현중이 카이쇼를 똑바로 바라보면서 말하자,

　"뭐… 자네가 마사키를 유심히 보기에 혹시나… 피의 이끌림을 느꼈나 해서 말이야."

　"피의 이끌림?"

　뚱딴지같은 카이쇼의 말에 현중이 모르겠다는 표정을 짓자, 카이쇼는 자신이 괜히 넘겨짚었다는 것을 깨달았다. 하지만 이미 엎질러진 물이었다. 현중의 호기심을 자극해 버렸으니 말이다.

　"하야토 마사키, 그 녀석은 오오야마 마스타츠님의 핏줄이네."

　"응?"

현중은 뜻밖의 말에 일어서려던 것을 멈췄다.

"최배달의 자손이라고?"

"그렇다네. 오오야마 마스타츠님의 일본 부인인 오오야마 치야코님의 외손자가 바로 하야토 마사키라네."

세상 참 좁다는 생각이 번뜩 드는 현중이었다.

설마 카이쇼의 제자로 최배달의 일본 부인의 외손자가 있을 줄은 몰랐던 것이다.

현중은 카이쇼를 보면서 의미심장하게 물었다.

"혹시 최배달님의 자손인 것을 알고 제자로 받은 것인가?"

현중은 그대로 카이쇼의 눈동자를 바라보면서 천심통을 발휘했다. 만약에 최배달의 자손인 것을 알고 제자로 받았다면 기분이 나쁠 것 같아서이다. 현중도 왜 자신이 그런 기분이 드는지는 이유를 몰랐다.

"아니. 내 제자가 된 뒤 수제자 발탁을 받고 우연히 외할머니 묘소를 찾아 간다기에 알게 되었네. 하야토 마사키의 외할머니가 오오야마 치야코님이란 것을 말이야."

"…진실이군."

현중은 천심통으로 카이쇼의 마음에 물어 진실이라는 답변을 얻고 나서야 표정을 풀었다.

"역시 그분의 핏줄이라는 생각이 들더군. 수제자로 선택된 지 10년 만에 13년 동안 제자로 있던 카토를 앞질러 버렸으니까.”

현중은 카이쇼의 말을 듣고 역시 피는 속일 수 없단 생각이 들었다. 물론 좀 멀긴 하지만 확실히 피는 속일 수 없는 법인가 보다. 극진 가라테는 아니지만 검으로써 이미 일본에서는 최고의 자리에 올라 있는 카이쇼 무사시로부터 인정받고 있으니 말이다.

“마음도 곧고, 고집도 있고, 카토와는 완전 반대지. 욕심이 없거든.”

카이쇼는 마사키에 대해서 이야기할 때는 눈빛부터가 살짝 부드럽게 바뀌어 있었다. 이미 조금 전에 카토를 대할 때와 마사키를 대할 때 확연한 차이를 보인 것을 현중도 봤으니, 카이쇼의 마음에 마사키가 이미 뒤를 이을 녀석으로 점찍어져 있는 것이 빤히 보였다.

하지만 현중은 이런 이야기를 왜 자신에게 하는지 그 의도가 궁금했다.

모르면 몰랐으되 현중이 한국 사람인 것을 알고 있고, 최배달의 국적이 한국이라 것을 잘 알고 있으면서 하야토 마사키의 핏줄에 대해서 이야기한 것은 뭔가 이유가 있어 보였다.

“왜지? 나에게 마사키에 대한 이야기를 한 것은?”

현중이 나직이 물어보자,

"그냥 자네가 마사키를 유심히 보기에 말한 것뿐이야. 그리고… 혹시라도 나에게 무슨 일이 생기면… 그 녀석만큼은 나를 넘어서기를 바라고 있어. 악마의 유혹에 넘어가지 않고 진정한 마스터로서 말이야."

카이쇼는 자신은 실패했지만 마사키만큼은 그 재능이 폭발하는 순간 자신을 넘어설 것임을 알고 있었다. 비록 카토의 그늘에 가려져 있지만 재능만큼은 확실히 카토와 비교되지 않을 만큼 월등했다.

그러다 보니 자신을 뛰어넘어 진정한 마스터가 탄생하길 바라는 카이쇼는 배경을 믿고 게을리 하는 카토보다 마사키가 더 정이 가는 건 당연했다.

"후훗."

현중은 카이쇼의 말에 웃어버리고는,

"난 제자를 키우지 않아. 너무 강하거든."

거만한 현중의 말이었지만 카이쇼는 웃으면서 고개를 끄덕였다. 허공섭물을 마음대로 구사하고 그 경지가 어느 정도인지 짐작조차 하지 못하는 현중의 입에서 나온 말은 지금의 카이쇼에게 전혀 거만하게 들리지 않았다.

거기다 강자를 인정하는 순간 모든 것을 인정하는 일본 특유의 성격 때문인지 현중의 모든 말이 다 맞게 들렸다.

"이만 가볼게."

생각보다 카이쇼의 변화가 너무나 좋은 쪽으로 바뀌어 현
중은 생각보다 쉽게 일이 풀렸다는 생각에 만족했다. 일본 국
가 공인 마스터를 일본 땅에서 두들겨 패야 하는 경우가 생기
지 않았으니 말이다.

현중은 싸움을 좋아하지 않았다. 남을 때리는 것도 좋아하
지 않았다.

하지만 걸어온 싸움은 피하지 않았다. 그리고 상대가 다시
는 기어오를 생각조차 못하도록 철저하게 밟아주는 게 현중
의 성격이었다.

"잘 가게."

카이쇼는 현중을 굳이 배웅하지 않았다. 적은 아니지만 그
렇다고 현재 아군도 아닌 상태이니 말이다.

현중이 밖으로 나왔을 때, 따가운 시선이 느껴졌다. 연못의
돌다리 위에 마사미와 카토가 밖으로 나온 그를 무섭게 노려
보고 있었다. 카이쇼가 아끼는 마사키는 보이지 않았다.

자기들 딴에는 무섭게 노려본다고 하는 행동이지만 그런
녀석들을 보고 현중은,

"어리군."

가소로울 뿐이다. 지들이 아무리 용을 쓰고 노려봐도 현중
은 눈 하나 깜짝하지 않는다.

거기다 밖으로 나가기 위해서는 꼭 지나야 하는 연못의 돌

다리 위에 버티고 서 있는 것부터가 한마디로 시비를 붙겠다고 노골적으로 보여주는 것이니 더욱 가소로울 뿐이다.

현중이 사무라이라면 연못을 돌아서 가는 행동은 항복을 선언하는 것과 같다고 카토는 생각하고 있었다. 마사미는 잠깐 호감을 가진 사람이 적이었다는 것을 뒤늦게 알고 자신의 그런 생각과 행동을 모두 현중의 탓으로 돌려 버렸다. 그렇기에 카토와 똑같이 현중을 적개심 가득한 눈으로 바라보고 있는 것이다.

아마 마사키는 그 정도는 아니거나 카이쇼의 명령 때문에 빠진 듯했다.

현중도 그런 어린애들 도발을 피할 생각도, 그렇다고 등을 돌려 연못을 둘러갈 생각도 없었다.

저벅~

"막으면 적이고."

현중은 한 걸음 걸으면서 중얼거렸다.

"덤비면 적이고."

저벅~

"적의를 가져도 적이지."

저벅~

"그리고 적이 보는데 등 돌리는 건 내가 할 행동이 아니고."

살랑~

현중은 세 걸음을 내디뎠을 때 일부러 마나를 활성화시켰
다.

보이진 않지만 현중의 마나가 활성화되면서 주변의 나무
가 바람도 불지 않는데 흔들거렸다.

물론 마사미와 카토는 그런 현중의 수준을 알아볼 수 있는
수준이 아니었기에 다가오는 현중을 기다렸다는 듯 목검을
고쳐 잡았다.

"정신 못 차리는 놈은 역시 매가 약이지."

저벅~

"그리고 아무리 여자라도 적이라면……."

번뜩!

현중의 눈빛이 날카롭게 변하면서 돌다리에 발을 디디딘
순간,

화악!!

현중의 몸에서 엄청난 살기가 폭발해 커다란 해일이 덮치
듯 마사미와 카토를 그대로 뒤덮어 버렸다.

우뚝!

마사미는 현중의 살기에 목검을 고쳐 잡은 자세 그대로 굳
어버렸고, 카토는 준비 자세를 취한 그대로 행동이 정지했다.

"쯧쯧쯧."

　현중은 살기로 완전히 제압한 카토의 이마를 손가락으로
톡톡 쳤다.

　"머리가 나쁘면 몸이 고생한다는 거 몰라?"

　손가락으로 이마를 톡톡 치는 것은 특히나 자존심이 강한
카토에게는 엄청난 모욕감을 주는 행동이었다. 하지만 어쩌
리, 손가락 하나 까딱하지 못하는 상황인 것을.

　"그렇게 당하고도 정신을 못 차렸구만. 쯧쯧, 어째 이딴 쓰
레기를 제자라고 거두었는지 카이쇼도 참 딱하다, 딱해."

　불끈!

　카토는 이마에 핏줄이 살짝 돋아났지만 그게 전부였다. 도
대체 현중이 무엇을 어떻게 했는지 손가락 하나 까딱 못하는
카토는 지금 분노가 극에 달해 뚜껑이 열리기 일보 직전이었
다.

　하지만 속으로만 그럴 뿐 겉으로는 식은땀만 흘릴 뿐이었
다.

　"멍청한 놈은 매가 약이지. 맞아야 정신을 차리거든."

　꽈악~

　현중은 주먹을 가볍게 움켜쥐고는 마나를 가볍게 실었다.

　그리고 그대로 카토의 복부를 향해 내질렀다.

　푸욱!

　"쿨럭!!"

얼마나 강한지 마비가 된 상태에서도 저절로 신음이 튀어나왔지만, 허리가 굽은 자세 그대로 여전히 다시 굳어버린 카토였다.

그런 카토의 귓가에 현중이 조용히 입을 가져가더니,

"넌 평생 마스터의 길을 걷지 못할 거다."

그리고 무심히 카토를 지나 마사미 곁으로 다가갔다.

"생긴 것은 곱상한데 아직 어리군."

그나마 마사미가 여자이기에 현중이 주먹을 들진 않았다.

하지만 마사미의 눈동자에서 느껴지는 적개심은 카토보다 더하면 더했지 덜하진 않았기에 뭔가 벌을 주긴 해야 했다.

드르럭!

현중이 마사미를 어떻게 벌을 줘야 할까 잠깐 고민하는데 저택의 문이 열리더니 카이쇼가 밖으로 나왔다.

"그래도 외동딸인데 그냥 한번 눈감아주면 안 되겠나?"

카이쇼는 마사미의 곁으로 가는 현중을 보고 결국 부정(夫情)을 못 이겨 밖으로 나온 것이다. 카토야 어차피 저래도 정신 못 차릴 것을 알기에 카이쇼도 무시했지만 하나뿐인 딸은 어쩔 수 없었다.

일본의 국가 공인 마스터이자 일본의 자랑인 카이쇼 무사시가 현중에게 부탁하는 모습은 마사미에게 커다란 충격이었다. 하지만 카이쇼는 그런 것에 아랑곳하지 않았다.

"그래도 하나뿐인 자식이거든."

"훗, 뭐… 나도 여자를 건드리는 건 성미에 맞지 않아서. 하지만 한 번뿐이야."

"알겠네."

현중의 조용한 경고에 카이쇼는 고개를 끄덕였다. 현중은 아주 잠깐 마사미를 스쳐보고, 무심히 지나쳤다. 직후 그의 모습이 저택 내에서 사라졌다.

털썩!!

털썩!

"헉헉헉!"

현중이 사라지자 제재가 풀렸는지 그대로 주저앉은 마사미는 가쁜 숨을 몰아쉬었다.

"쿨럭!! 쿨럭! 컥컥!"

가쁜 숨만 몰아쉬는 마사미와 달리 카토는 엎어지더니 온몸을 비틀었다. 그리고 급기야 손과 발이 기이하게 뒤틀리기 시작했다.

카토에게 한 것은 예전에 현중이 최강석에게 했던 것과 똑같은 것이었다. 다만 그 강도가 다를 뿐이었다.

현중은 소인배를 극도로 싫어했다. 특히 카토 같은 녀석은 언제고 꼭 사고를 친다.

대륙에서 그런 녀석들을 하나둘 본 게 아니기에 현중은 아예 초반에 카토를 완전히 눌러 버린 것이다. 다시는 검을 잡아볼 생각조차 하지 못하게 말이다.

"카토!! 아버님! 카토가 이상해요!!"

"카토!!"

카이쇼도 그제야 카토의 상태가 이상하단 것을 느끼고 달려갔지만 이미 온몸의 근육이 뒤틀려 소아마비 환자처럼 변하고 난 뒤였다.

카토가 확인했을 때는 근육이 벌써 굳어서 카이쇼도 어떻게 할 수 없는 상태였다.

"이런, 설마… 했는데……."

카이쇼는 현중을 몰라도 너무 몰랐다.

나갈 때 현중에게 제자의 도발을 그냥 무시해 달라는 부탁만 했어도 카토는 이렇게 되지 않았을 것이다.

설마 이렇게까지 할 줄은 몰랐던 카이쇼는 현중이 원망스러웠다.

하지만 카토가 제 발로 이런 짓을 벌렸으니 현중을 탓할 수도 없었다.

특히나 현중과 같은 측정 불가의 강자는 무슨 생각을 하는지, 어떤 기준으로 행동하는지 모르면 한마디로 시한폭탄이나 다름없다.

카토는 현중이라는 시한폭탄을 건드렸고, 마사미는 겨우 카이쇼 덕분에 벗어난 것이다.

"아버님, 어쩌죠?"

마사미는 카토의 상태가 너무나 심각해 보여 발을 동동 구르면서 어쩔 줄 몰라 하는데 카이쇼는 냉정하게 말했다.

"어서 앰뷸런스를 불러라. 병원으로 옮겨야겠다."

"네, 아버님."

타타탁!!

마사미는 현중의 공포보다 지금 카토의 상태가 더 무서웠다. 검도를 수련만 했지 실제로 대련 외에는 대결을 본 적이 없는 마사미에게 카토의 중상은 엄청난 공포로 다가온 것이다.

마사미가 응급차를 부르러 간 사이 카이쇼는 마나를 활성화시켜 조치를 취해보려고 했다. 하지만 마나로 근육을 풀어보려고 해도 쇳덩이처럼 단단해진 근육은 꼼짝도 하지 않았다.

카이쇼의 마나는 그저 피부만 건드릴 뿐이었다.

"쿨럭! 에베베베… 에베베……."

카토는 뭔가 말을 하려고 했지만 입까지 뒤틀려 혀가 꼬였는지 제대로 말을 하지 못했다. 그는 그대로 병원으로 실려

갔지만 평생 사람의 도움이 없이는 밥조차 먹을 수 없는 몸이
되었다.

카토를 병원에 입원시킨 다음 마사미는 조용히 카이쇼에
게 물었다.

"아버님, 도대체 그는… 누구입니까?"

바로 곁에서 본 마사미는 현중의 주먹질이 그리 강하다는
느낌도, 특별하다는 느낌도 없었다.

하지만 현중의 주먹을 맞고 난 뒤 카토는 완전히 망가져 버
렸다. 그것도 가장 무서운 형태로 말이다. 죽지도 그렇다고
살지도 못하는 모습이 되어버린 것이다.

"그는… 강자다."

카이쇼는 나직하게 한마디 했다.

그러자 마사미는 다시 물었다.

"아버님, 도대체 어떤 강자 말입니까? 그리고 왜 카토를 저
지경으로 만든 겁니까? 어째서 저렇게 잔인하게……."

마사미는 현중이 카토에게 한 짓을 생각하면 할수록 그 잔
인함에 몸서리쳤다.

그러나 현중의 정체를 대충이나마 알고 있는 카이쇼 무사
시에게는 아니었다.

"한 번의 기회를 무시하고 또다시 강자에게 덤볐을 때는
목숨을 걸어야 하는 법이다."

한국에서 현중과 대적했을 때, 그는 일부러 자신을 죽이지 않고 기절만 시켰다.

마사키와 카이쇼는 그것을 깨닫고 현중을 적대시는 하지만 도발하진 않았다.

하지만 카토는 자기 분수도 모르고 강자에게 두 번이나 도발했다.

그것도 아주 우습게 말이다.

"도대체 얼마나 강자이기에… 아버님이… 부탁을 하시는 겁니까?"

마사미는 아버지가 세상에서 가장 강한 사람이라고 생각했다.

오오야마 마스타츠의 뒤를 따라 세계를 돌아다니면서 수행을 쌓은 인물이 아닌가.

그리고 수행 중에 마스터가 되어 돌아왔기에 너무나 자랑스러운 아버지다.

그런데 그런 아버지가 한국의 젊은 남자에게 마사미 자신을 살려달라고 부탁한 것이다.

"강자란다. 그 누구보다… 그 어떤 존재보다."

뭐라 딱 부러지게 말하진 않았지만 카이쇼의 표정과 말투에서 카이쇼의 피를 이은 무사 집안의 딸답게 마사미는 본능적으로 느꼈다.

얼마나 강한지 측정 자체가 불가능한 사람이란 것을 말이다.

그리고 카이쇼의 목소리가 다시 들렸다.

"두 번 다시 그를 도발하거나… 건드리지 마라. 그는 강자다. 세상의 모든 것이 허용되는 강자 말이다."

순수하게 현중에 대해서 경고를 하자 마사미는 고개를 끄덕였다.

"카토는 걱정 마라. 나중에 그를 만나면 내가 부탁해 볼 테니."

마사미가 카토를 걱정하는 듯 보여서 한마디 하자 마사미는 고개를 흔들면서,

"카토가 걱정이 아니라 아버님이 걱정입니다. 현직 총리의 아들인 카토가 저 지경이 되었는데 아버님을 가만히 놔두겠습니까?"

마사미는 카토가 걱정인 게 아니라 바로 카토의 배경이 자신들을 해코지할까 봐 걱정인 것이다.

"후후훗, 나를 모르느냐? 난 일본 국가 공인 마스터다. 단 한 사람만 제외하고 난 그 누구에게도 고개를 숙이지 않는다. 걱정 마라."

"네, 아버님."

카이쇼가 말한 단 한 사람은 바로 현중이었다.

이로써 카이쇼 무사시의 뇌리에는 현중이라는 강자가 확실하게 틀어박혔다. 제자인 카토가 그 제물이 되긴 했지만, 카이쇼는 딸 마사미가 저 꼴이 되지 않은 것을 그저 감사할 따름이었다.

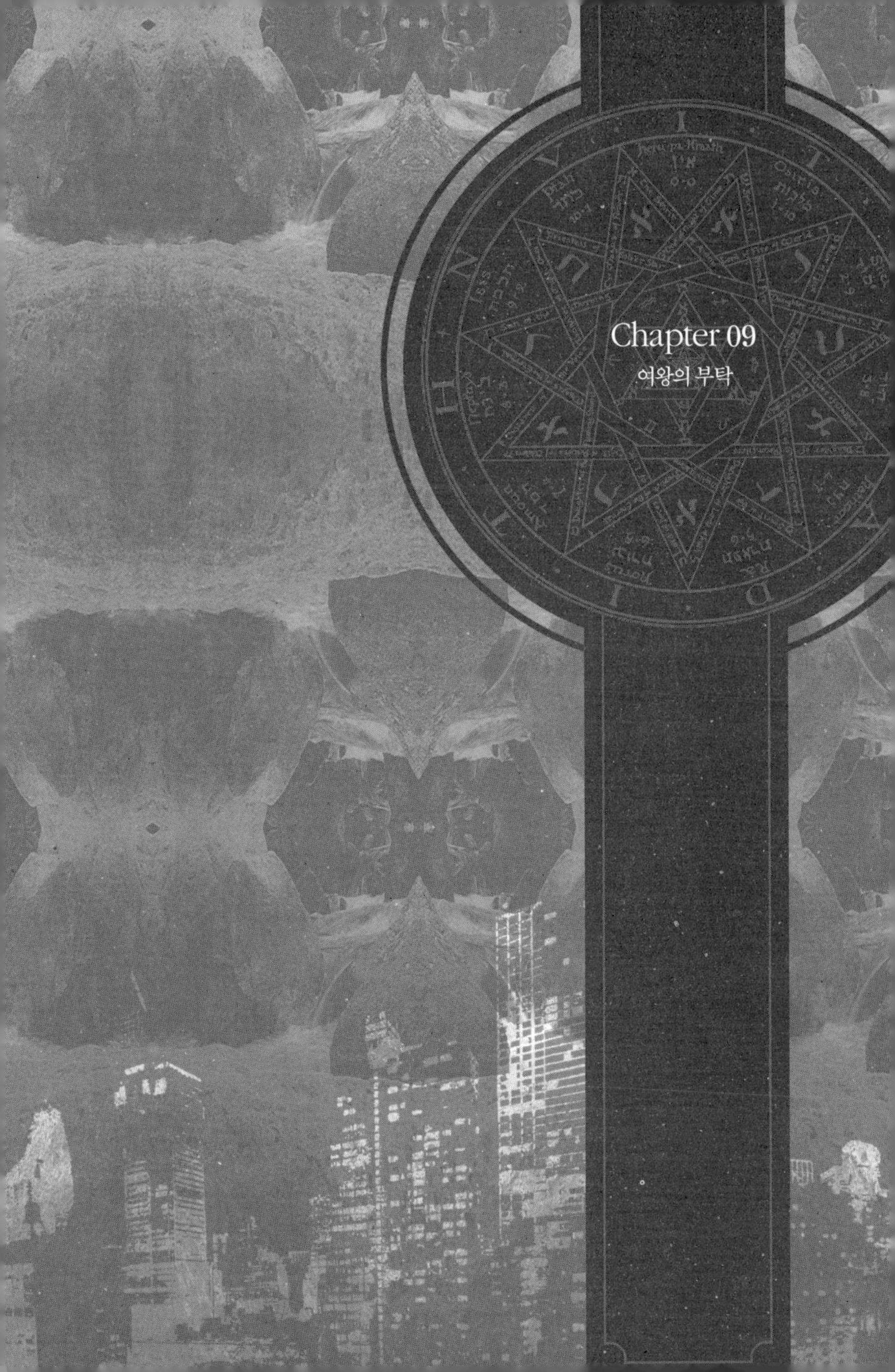
Chapter 09
여왕의 부탁

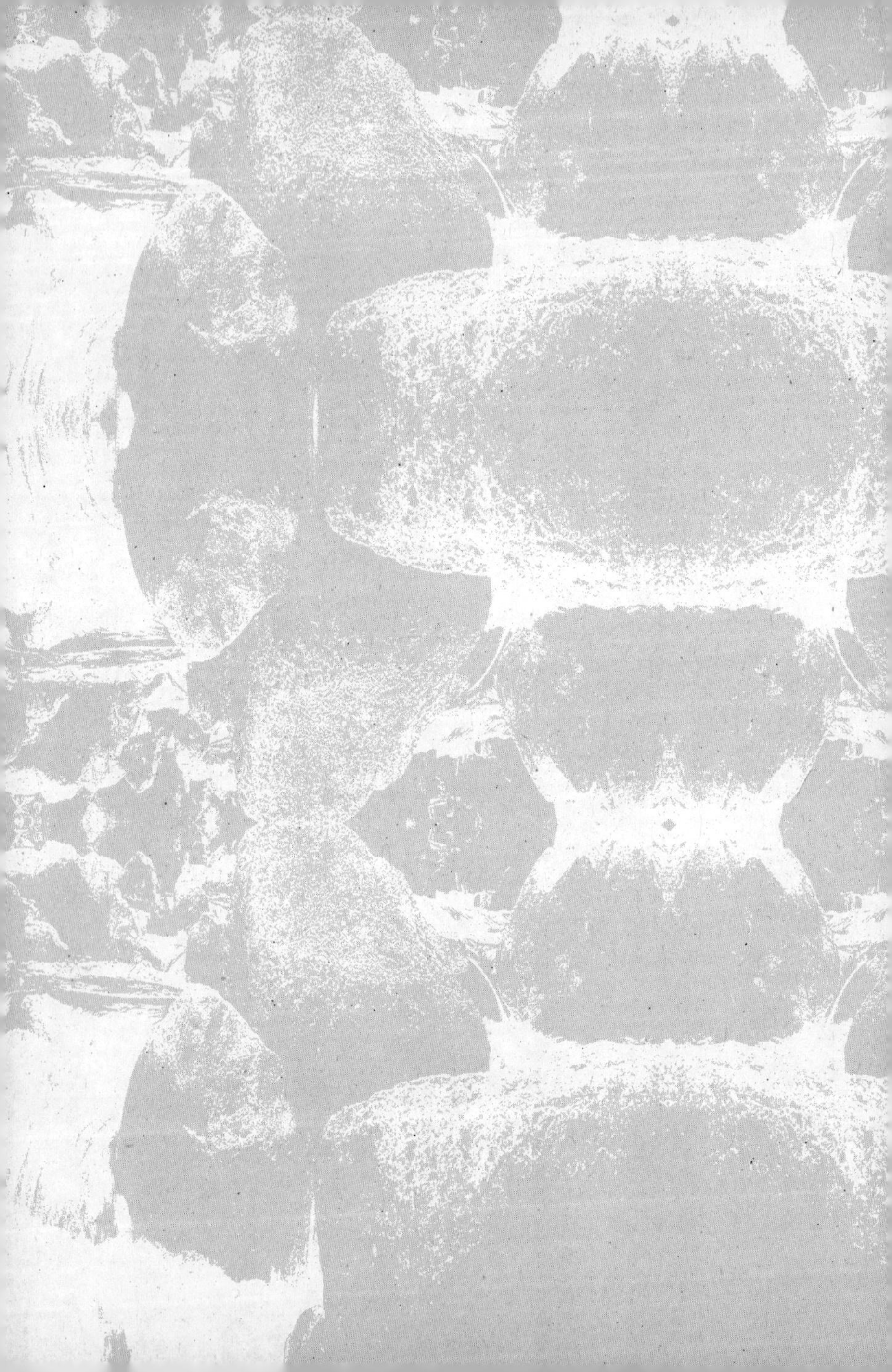

"뭘 할까."

카이쇼의 저택을 벗어난 현중은 처음 일본에 왔을 때의 빌딩 위에 나타났다. 그곳에서 그는 잠시 고민을 해야 했다.

뭔가 하려고 하는데 막상 할 게 없는 것이다.

카이쇼에게서 뭔가 괜찮은 정보를 얻을 것으로 기대했지만 알렉산드로에게서 얻은 정보보다 낮거나 비슷한 수준이었다.

다만 그들이 군대에만 손을 뻗은 게 아니라 무술 수행을 하는 무술가들에게도 나름 손을 뻗고 있다는 것을 빼고는 모두 이미 알고 있는 정보가 대부분이었다.

"도대체 무슨 꿍꿍이지, 놈들은."

귀한 S급 마나석을 아깝게 사람의 몸속에 집어넣지를 않나, 그걸 다시 3년 뒤에 되찾으러 오는 것도 의문이다.

"아~ 머리가 복잡하다. 도대체 이놈들이 무슨 꿍꿍이를 가졌는지 속 시원하게 좀 누가 말해줬으면 좋겠다."

좀 더 생각하는 것 같더니 현중은 결국 머리만 아파오자 포기해 버렸다.

"그래, 영국에서 조금 더 기다리지, 뭐."

약간의 여유가 있지만 다시 한국으로 갔다가는 테른에게 붙잡혀 서류 결재의 마수에 빠질 것 같아서 그대로 영국으로 이동하기로 했다.

다음 순간, 현중은 영국 숙소에 모습을 드러냈다.

"어맛!"

"……!!"

현중이 나타난 곳은 그의 숙소다.

그러나 그곳에서 그를 반긴 것은, 젖은 머리카락과 샤워 타월로 몸을 감싼 마리아였다.

"……"

"……"

갑작스런 등장에 서로 눈을 마주친 채 침묵에 빠졌다. 한참 뒤에야 마리아가 입꼬리를 움찔거리며 입술을 뗐다.

“현… 중 씨?”

“네. 그런데 샤워했나요?”

“헛!!”

타타타타타타탁!!

마리아는 갑자기 빛보다 빠른 속도로 샤워실로 들어가 버렸다.

“뭐지? 내 방에서 샤워한 건가?”

설마 현중은 자신의 숙소에서 마리아가 막 샤워를 끝내고 나온 모습을 보게 되리라고는 상상조차 하지 않았기에 황당하면서도 당황스러웠다.

끼이익.

몇 분 뒤에 마리아가 얼굴만 슬쩍 내밀더니,

“현중 씨, 거기… 뒤에… 제 옷 좀……”

차마 현중을 똑바로 보지 못한 채 말하는 마리아의 모습에 현중이 고개를 몇 번 돌리니 마리아의 옷이 보였다.

서랍장 위에 옷이 가지런히 정리되어 있었다. 그중에 마리아의 속옷이 가장 위에 있었지만 손으로 만지기는 그래서 마나를 이용하여 카이쇼에게 보여준 허공섭물로 가져다주었다.

“고… 마워요.”

덜컹!

곧바로 샤워실의 문을 닫더니 뭔가 부스럭거리는 소리가 들리고 난 뒤, 마리아가 나왔다. 젖은 머리를 대충 닦았는지 물기가 가득했지만 오히려 그런 젖은 머리카락이 이상하게 섹시해 보였다.

남자들이 여자가 가장 예뻐 보일 때가 언제냐고 묻는다면 샤워를 막 마치고 나왔을 때라고 한다는데 현중은 왜 그런지 조금은 이해가 되었다.

“언제… 왔어요?”

현중의 눈을 피하면서 조심스럽게 말하는 마리아와 달리 현중은 웃으면서,

“방금요.”

“그게… 온다면… 미리 귀띔이라도 하지…….”

괜히 현중에게 투정 비슷하게 말하지만 이곳은 현중의 숙소였고, 자기 방에 들어갈 때 노크하고 들어가는 사람은 없다.

특히 현중처럼 축지법으로 동에 번쩍, 서에 번쩍 하는 사람은 더더욱 말이다.

마리아도 막상 말은 그리하고, 자신이 무슨 말을 했는지 깨달았지만 이미 늦어버렸다.

현중의 방에 들어와 샤워한 게 실수지 현중은 실수한 게 없었기 때문이다.

"날씨가 더웠나 봐요."

현중은 모른 척 창밖을 향해 다가가더니 창문을 열고 마리아를 돌아봤다.

"귀가 빨개졌어요."

"헛!"

마리아는 현중의 말에 급히 양손으로 귀를 가렸다. 그런 그녀의 상기된 볼이 더욱 붉어졌다.

"전 아무것도 본 것이 없습니다."

"…거짓말……."

현중의 웃는 모습에 누구나 거짓말이라는 것을 알 수 있지만 현중은 모른 척 시치미를 뗐다.

"정말로 전… 젖은 머리카락과 샤워 타월, 그리고 마리아의 종아리 외에는 본 게 없거든요."

"…현중 씨……."

"네?"

"…생각보다 짓궂은 면이 있군요."

"그런가요?"

현중이 모르겠다는 듯 말하자 마리아는 결국 피식 웃어버렸다.

"내가 졌어요. 미안해요. 늦게 들어오는 줄 알고 잠시 샤워 한다는 게……."

마리아가 기분을 풀고 사과를 하자 현중은,

"뭐 그게 대수인가요? 샤워는 누구나 할 수 있는 거죠."

"그보다 어떻게 알고 왔어요?"

"……?"

마리아는 젖은 머리를 다시 타월로 닦으면서,

"샤워 끝내고 현중 씨에게 전화하려고 했어요."

"그래요?"

묘한 타이밍에 현중이 온 것이다. 그것도 아주 절묘한 타이 밍에 말이다.

"여왕 폐하께서 조금 일찍 업무가 끝나셔서 데리고 오라는 말씀이 있으셨거든요."

"그런가요? 그럼 저도 준비를 해야겠군요."

현중은 그래도 밖으로 돌아다녔으니 샤워하고 옷을 갈아 입을 생각이었다.

"그럼 밖에서 기다릴게요."

마리아는 자신의 가방과 물건을 챙겨서 나가 버렸고, 현중 은 간단하게 샤워를 하고 준비해 준 정장을 입고 나왔다.

"빠르네요?"

대충 10분 정도 걸렸을까? 2~30분 정도 예상한 마리아의 생각과 달리 현중은 10분도 되지 않은 시간에 나왔다.

"오래 걸릴 게 있나요? 샤워하고 옷 입는데."

"뭐… 그렇긴 하죠."

마리아도 화장을 잘 하지 않기에 현중의 말에 무의식적으로 고개를 끄덕이며 '그런가?' 하고 생각했다.

끼익~

현중이 밖으로 나오자 기다렸다는 듯 리무진 한 대가 앞에 섰고, 마리아와 현중은 리무진에 몸을 실었다.

"현중 씨."

"네?"

"미리 대답할 것은 정해놓으셨어요?"

"뭘요?"

현중은 무슨 대답을 말하는지 모르는 듯했다. 마리아는 결국 자신이 답답해서,

"여왕 폐하께서 저와 현중 씨의 관계에 대해서 물으시면요."

"음……."

현중은 마리아의 질문에 잠시 생각하더니,

"저기… 혹시 여왕 폐하의 사생아는 아니죠?"

"네에?"

갑자기 뚱딴지같은 소리를 하는 현중의 물음에 마리아는

황당하다는 표정이다.

"현중 씨 말대로 사생아라면 제가 아버님의 귀족 계급인 백작위를 물려받았겠어요? 왕족이면 공작위를 물려받았죠."

말도 안 되는 소리에 어이없다는 듯 말하는 마리아였다. 하지만 현중은 오히려 마리아에게,

"그런데 왜 전 결혼하기 위해서 여자의 부모님께 허락을 받으러 가는 남자의 기분이 들죠?"

"……."

현중의 말에 순간 마리아는 할 말을 잃어버렸다. 그리고 현중의 말을 듣고서야 자신이 너무 앞서갔다는 것을 뒤늦게 깨달았다.

여왕 폐하는 그저 데이비드로 인해서 한 번 더 보고 싶다는 말을 한 것뿐인데 마리아는 혼자서 온갖 정보를 모으고 정리해서 가설을 세우고 결론을 내린 것이다.

한마디로 앞서가도 너무 앞서간 것이다.

"미… 안해요. 제가 좀……."

"미안해할 건 없어요. 여왕께서 저를 탐탁지 않게 여기는 이유가 마리아 씨와의 관계를 염려해서 그런 건 알고 있으니까요."

병 주고 약 주는 현중이었다.

“네.”

이상하게 마리아는 현중에게는 전혀 힘을 쓰지 못했다.

좋아하는 남자에게 약해 보이고 싶은 본능인지, 아니면 정말 현중이 마리아와 천적 관계의 상성을 가지고 있는지 알 수는 없지만 말이다.

아무튼 현중의 엉뚱한 말 한마디 때문에 여왕에게로 가는 리무진 안에서는 단 한 마디도 대화가 오가지 않게 되었다.

또각, 또각, 또각.

대리석의 경쾌한 소리가 마리아와 현중이 걷는 걸음걸이를 주변에 알려주는 역할을 했다.

끼이익~

오래된 문이 자연스럽게 나이를 들어감에 따라 내는 소리라 그런지 듣기 좋은 마찰음이었다. 그 소리를 뒤로하고 안으로 들어가니 여왕과 옆에 데이비드가 앉아 있었다.

벌떡!!

데이비드는 현중을 보자마자 반사적으로 벌떡 일어섰다.

“후후훗.”

여왕은 데이비드의 그런 행동에 오히려 기분 좋은 듯 웃었다.

"여왕 폐하, 현중 경을 모시고 왔습니다."

명예지만 귀족 작위를 받았으니 마리아는 여왕에게 현중을 소개할 때 경이라는 호칭을 붙였다.

"오랜만이에요, 현중 경."

"오랜만에 뵙습니다, 현중님."

전혀 다른 호칭에 뭔가 좀 시작이 어색했지만 데이비드는 아랑곳하지 않았다.

"호호홋, 이해해요. 데이비드가 현중 경을 얼마나 칭찬하던지. 그리고 기쁜 소식을 저에게 가져다주었더군요."

현중은 여왕의 눈동자를 한번 슬쩍 보고는,

"아닙니다. 전 그저 계기만 보여주었을 뿐 노력은 스스로 한 것입니다."

"호호홋, 겸손한 말씀이네요. 영국에 두 번째 공인 마스터가 탄생했는데 이보다 더한 경사가 어디 있겠어요? 거기다 왕족 중에서 나왔으니 지금 영국은 술렁이고 있어요."

방계지만 왕실의 핏줄에서 국가 공인 마스터가 탄생했다는 것은 영국 왕실의 위상을 얼마나 드높이는 일인지 여왕은 너무나 잘 알고 있었다.

데이비드가 왕실의 핏줄인 것을 전 국민이 알고 있고, 여왕이 그동안 데이비드를 편파적일 정도로 아꼈다는 것도 이미 아는 사람은 다 알고 있는 사실이다.

그런데 그런 데이비드가 국가 공인 마스터가 된 것이다.

아직 국민에게 발표는 하지 않았지만 귀족들 사이에서는 이미 공인 인증을 받은 것이나 다름이 없었다.

"데이비드가 마스터가 되었다는군요."

여왕의 이 한마디가 귀족들 사이에는 엄청난 파장을 몰고 왔으니 말이다. 이미 사석에서는 오러 블레이드를 몇 번 선보인 적이 있기에 귀족들은 데이비드가 마스터가 되었다는 것에 조금의 의심도 없었다.

그리고 여왕에게는 커다란 근심거리가 하나 줄어든 것이나 다름없었다.

왕족 중에 마스터가 탄생했다는 것은 그 마스터가 바로 왕실을 대표하는 힘이나 다름없기 때문이다. 뒤에는 마리아가 뒤를 받치고 있고, 앞에서는 데이비드가 왕실의 안녕을 지키는 얼굴이 된 것이다.

그동안 왕실과 바로슈 가문의 사이를 갈라놓으려고 했던 몇몇 귀족들은 한숨을 쉬었다는 말을 얼핏 들은 여왕은 그렇게 기분이 좋을 수가 없었다.

절대로 배신할 수 없는 왕실의 핏줄이 마스터가 되었으니 더 이상 마리아에게 여왕이 집착할 필요는 없어 보였다. 겉으로 보기에는 말이다.

"너무나 고마워요. 왕실에 커다란 힘을 주었으니까요."

여왕은 앉자마자 현중이 민망할 정도로 칭찬만 했고, 데이
비드는 흐뭇한 표정으로 그런 여왕을 바라보고 있었다.

하지만 마리아는 여왕의 성격을 잘 알고 있다. 여왕이 꿍꿍
이속 없이 이렇게 현중을 칭찬할 리가 없다. 뭔가 분명히 속
으로 다른 생각이 있는 게 확실했다.

하지만 연륜이 무섭다고 마리아는 여왕의 생각을 단 한 번
도 짐작한 적이 없었다.

"그래서 말인데, 현중 경."

"네, 여왕 폐하."

"저희 영국으로 귀화할 생각 없나요?"

"……!"

마리아는 방금 여왕의 말에 머리를 망치로 한 대 맞은 듯한
충격을 받았다. 설마 여왕이 저런 생각을 가지고 있을 줄은
몰랐던 것이다.

하지만 현중은 편안하게 웃으면서,

"음. 이미 군대까지 다녀와서 굳이 귀화할 이유가 없습니
다."

현중은 일부러 군대 이야기를 꺼냈다. 보통 외국을 자주 다
니거나 살다 온 젊은이들은 한국의 군대제도에 이상하게 거
부 반응을 보인다는 것을 알기에 현중은 비유적으로 군대도
갔다 왔으니 그냥 한국이 좋다고 말한 것이다.

"이런, 이런 인재를 한국은 왜 모르고 있을까."

여왕은 진심으로 안타까운 듯한 표정으로 현중을 향해 말했지만 현중은 조용히 웃었다.

"전 부모님이 한국 분이니 한국인입니다. 그건 변하지 않는 겁니다."

아예 단칼에 여왕의 말을 잘라 버렸다.

"그런가요? 호호홋! 어쩔 수 없죠."

여왕도 현중이 대충 거절할 것을 예상했는지 눈동자가 흔들리진 않았다. 현중은 그런 여왕의 눈동자를 보고는 뭔가 다른 게 있다고 생각했지만 굳이 천심통을 사용하진 않았다. 이미 대륙에서 황제 노릇 할 때 늙은 고추가 맵다는 것을 겪어봐서 알고 있으니 절대 방심은 안 되었다. 여왕을 결코 쉽게 보지도 않았다.

괜히 한 나라의 여왕 자리에 있는 게 아니다.

"그럼 작지만 한 가지 부탁을 드려도 될까요, 현중 경?"

"네. 뭐 제가 할 수 있는 일이라면⋯⋯."

현중이 슬쩍 예의상 대답을 하자 여왕은 기다렸다는 듯 현중에게,

"그럼 저희 기사 후보생들의 교관이 되어주실 수 있나요?"

씨익~

현중은 여왕의 말에 씨익 웃어버렸다.

대륙이나 지구나 결국은 비슷했다. 대륙에서도 마스터 한 명을 잠깐 가르쳐서 만들어내자 그 소문을 듣고 교관을 부탁해 온 적이 있었다.

물론 들어줬다. 하지만 현중의 교육을 받은 기사들은 모두 마스터가 되었지만 나중에 술만 먹으면 하는 말이 있었다.

'죽을 만큼 마스터가 되고 싶지 않다면 절대로 현중 교관님에게 가지 마라. 죽는 게 편하다는 것을 느끼게 될 테니' 라는 말을 입에 달고 살았다고 한다.

현중은 여왕의 부탁을 듣자마자 그때의 일이 생각나서 웃은 것이다.

하지만 여왕은 현중이 웃자 그걸 승낙의 뜻으로 받아들였다.

"이런, 현중 경은 오히려 저의 이런 부탁을 기다렸나 보군요. 고마워요."

아예 다른 말이 나오지 않게 못을 박아버린 여왕은 그대로 현중이 기사 후보생들의 교관이 되어준다는 것을 공식화해 버렸다.

"콜린!"

"네, 여왕 폐하."

여왕이 집사인 콜린을 부르자 기다렸다는 듯 뒷문에서 튀

어나왔다

"현중 경이 기사 후보생들의 교관이 되어주신다고 하니 그들에게 알려주세요."

"네, 여왕 폐하."

콜린은 그대로 여왕의 명령을 받고 나가려고 했다.

그때,

"주 3회. 그 이상은 저도 바빠서 교육을 시키지 못합니다. 그리고 시간은 오전 6시부터 오후 6시까지 총 12시간입니다. 무엇보다 중요한 것은……."

현중이 말을 살짝 늘이자 여왕과 콜린의 귀가 쫑긋 세워졌다.

"제 교육 방식에 어떠한 간섭도 원하지 않습니다. 만약에 그 누구라도 제 교육 방식에 간섭한다면 그 즉시 교육은 중지되고 전 손 떼겠습니다."

현중이 미리 써놓은 대본을 외워서 읽듯 막힘없이 조건을 말하자 오히려 여왕과 콜린이 살짝 당황하는 눈치다.

하지만 여왕은 곧장 표정을 정리하고는,

"좋아요. 어차피 기사 후보생이에요. 기사란 나라를 위해 목숨을 버릴 수 있는 마음가짐이 필요한 사람입니다. 교육을 받으면서 투정을 부린다면 기사 자격이 없는 걸로 저도 생각하겠어요."

여왕의 허락이 떨어지자 콜린은 그대로 밖으로 나가 버렸
다. 여왕은 자신의 생각대로 현중이 따라와 주었기에 마냥 기
분이 좋았다. 마리아는 여왕이 이런 부탁을 할 줄 예상은 했
다. 하지만 설마 하니 이렇게 빨리 할 줄은 몰랐다.

그저 마리아는 사심이 들어간 추리와 판단에 엉뚱한 곳에
서 허우적거리고 있다가 이렇게 뒤통수를 맞은 것이다.

거기다 현중의 너무나 여유로운 표정과 행동이 마리아를
두 번 당황하게 만들었다.

그런데 현중이 먼저 여왕에게,

"여왕 폐하."

"네, 말하세요, 현중 경"

이미 현중이 교관이 되어준다는 부탁을 들어주었으니 기
분이 마냥 좋은 여왕이다.

"기사 후보생들을 좀 보고 싶습니다."

"아, 그렇군요. 미리 공문이 가겠지만 직접 가서 보는 것도
친해지는 계기가 될 수도 있겠군요."

여왕은 현중의 말에 더욱 신이 나서 그 길로 기사 후보생들
이 수련하는 곳으로 데이비드가 직접 안내해 찾아가 보도록
했다.

"그럼 이만 물러나겠습니다."

현중이 일어서자 마리아도 덩달아 일어서서 나왔다.

방을 나오는 순간부터 마리아의 표정이 똥 씹은 표정으로 변했지만 현중은 그냥 웃었다.

"걱정 말아요."

"하지만… 설마……."

마리아는 현중이 그 부탁을 허락할 줄 몰랐다.

"이미 한 번 경험이 있으니 그리 어려울 건 없어요."

"하지만 다른 나라의 기사를……."

가장 걸림돌은 바로 현중의 국적이다. 현중은 엄연히 대한민국의 국적을 가지고 있건만 아이러니하게도 영국의 기사 후보생의 교관이 된 것이다.

물론 말이 교관이지 실제로는 마스터를 더 만들어내려는 여왕의 속셈이 너무나 뻔히 보였다.

그걸 현중이 모를 리 없다고 마리아는 생각했지만 현중은 별것 아닌 것처럼 허락했다.

거기다 경험이 있으니 걱정하지 말라는 위로의 당부까지 하는 모습에 마리아는 정말 할 말이 없었다.

"미안해요. 제가 대신해서 사과드릴게요."

엄연히 지금 현중의 행동은 다른 나라의 국력을 강하게 해주는 일이다. 자기 나라의 국력을 강하게 하는 거면 상관없지만 다른 나라의 마스터를 만들어주는 것은 전혀 다른 문제이기에 마리아가 나서서 사과했다. 혹시라도 대한민국에서 알게 되면 외교적으로 마찰이 생길 수도 있었다.

하지만 현중은 애초에 그런 것은 별 상관이 없었다.

마스터는 그냥 가르친다고 되는 게 아니다. 베이스퍼가 가르쳐서 마스터가 된 사람은 현재 마리아가 유일했다.

그만큼 마스터라는 것이 되기 힘들고 아무나 오를 수 없는 경지이기에 귀하게 대접받는 것이다.

현중이 기사 후보생을 보고 싶다고 한 것도 바로 과연 몇 명이나 현중의 수련을 견뎌낼까 하는 생각에 미리 점검하려는 것이다.

기사 후보생들은 모를 것이다. 이미 대륙에서도 현중의 교육 방식은 그 누구도 흉내 낼 수 없고, 교육을 받고 끝까지 살아남은 기사는 마스터가 되었다.

하지만 마스터가 된 기사는 현중의 그림자만 봐도 기겁을 하는 성격이 되었다는 것을 말이다.

대륙에서 악명이 자자했던 현중의 마스터 만들기 훈련이 이곳 지구에서도 일어나려고 하는 중이다. 그것도 대륙과 마찬가지로 마스터라는 떡밥에 눈이 멀어버린 권력자에 의해서 말이다.

끼익~

먼저 나갔던 데이비드가 차를 대기하고 있다가 현중이 나오자 손수 문을 열어주는 친절을 보였다.

“데이비드, 이러지 않아도 돼.”

“제가 하고 싶어서 하는 겁니다. 그리고 전 이제 발을 디뎠을 뿐입니다. 아직 가르침이 많이 필요합니다. 그래서 저도 이번 교육에 참여할 생각입니다.”

“후훗. 뭐, 그건 자유지만.”

‘다른 기사 후보생들이 죽어나겠군’이라는 말을 현중은 일부러 하지 않았다. 이미 마스터에 오른 데이비드와 평범한 기사인 후보생들의 차이는 하늘과 땅 차이다. 하지만 현중은 훈련의 강도를 데이비드와 훈련생의 중간쯤으로 생각을 바꿨다. 즉, 입에서 단내 나도록 고생할 것이 분명했다.

현중을 태운 차는 의외로 외곽으로 벗어나더니 작은 동산 같은 곳으로 들어갔다. 그곳에 의외로 군부대가 하나 있었다.

“부대?”

현중은 군대를 갔다 왔기에 군부대만의 특유한 느낌을 알고 있었다.

“기사 후보생은 전군에서 0.1%의 우수한 엘리트 인재만을 차출해서 뽑습니다. 현중님의 훈련에 쉽게 낙오될 만큼 약한 사람들은 아닐 겁니다.”

“오호~”

현중은 보통 낭만적인 기사 후보생을 생각했다. 그런데 그게 아니라 군에서도 특별하게 엘리트만 모아서 차출한다는 말에 입가에 미소를 지었다.

'그럼 대륙의 기사들보다 조금 아래로 해도 되겠는데?'

대륙에는 마법이란 게 존재했다. 하지만 지구에는 마법이 없다.

그 말은 대륙에서는 웬만한 상처는 바로 마법사가 치료해서 며칠 만에 일어설 수 있지만 지구는 한번 잘못 다치면 그대로 의가사 제대를 해야 할지도 모르기에 강도를 가능하면 낮게 잡고 있었던 것이다.

그런데 특수부대원 중에서도 상위 0.1%의 엘리트라면 약간 빡세게 굴려도 괜찮을 것 같았기에 훈련의 강도를 올리기로 했다.

끼익~

데이비드가 내리자 즉각 군인들의 경례가 이어졌다. 마치 사단장을 대하는 듯한 절도있는 모습에 현중도 살짝 놀랐다.

'군기는 확실하군.'

그런데 여기서 현중이 모르는 사실이 하나 있었다. 데이비드는 마스터에 오르면서 이미 군에서 원 스타와 동급의 대우를 받고 있었다.

아니, 마스터라는 존재가 극한으로 자신을 단련하는 군에서는 그 어떤 계급보다 확실한 목표가 되기에 여왕이 와도 데이비드에게 하는 것처럼 하진 않을 것이다.

그리고 바로 이 군의 장악력 때문에 여왕이 마스터를 왕실의 일원으로 만들기 위해 마리아를 그렇게 집요하게 노렸던 것이다.

군을 지배하는 순간 이미 왕실은 그 어떤 때보다 튼튼한 울타리를 가지게 되고, 동시에 커다란 무기를 지니게 되는 것이다.

거기다 이미 이번 기사 후보생의 교관으로 마스터 교관이 온다는 소문이 퍼진 상태라 데이비드가 그렇게 칭찬하고 존경하는 마스터 교관이 누구인지 모든 군인들의 시선이 집중되어 있었다.

마스터 교관이란 바로 데이비드가 붙인 애칭이다. 현중의 한국식 발음을 잘 못하는 사람들이 많다 보니 이해하기 편하게 마스터 교관이라고 해버린 것이다.

그런데 이 애칭 때문에 현중에 대한 귀족들의 호기심은 이미 극에 달해 있었다.

신비한 동양의 마스터 교관이라는 이미지가 만들어지면서 마치 옛날 쿵푸를 신비한 무술로 생각한 것과 똑같은 현상이 벌어졌다

하지만 쿵푸는 제대로 알지 못한 상태에서 받아들인 신비한 이미지만 있다면, 반대로 현중은 데이비드라는 증거가 있

기에 마스터 교관이라는 애칭이 이미 영국 내 귀족들 사이에서는 또 다른 이름이 되어 있는 상태였다.

저벅~

드디어 리무진에서 사람이 내렸다. 마리아가 먼저 내리자 다들 급하게 다시 경례를 했다.

현재 영국에 있는 공인 마스터 두 명이 모두 온 것이다.

일반 군인에게는 한 명을 보는 것도 결코 흔하지 않는 일인데 두 명을 모두 한자리에서 본다는 것은 대단한 영광이었다.

그리고 현중이 내렸다.

찰랑~

검은 머리카락에 검은 눈동자, 훤칠한 키에 매끈한 이목구비가 돋보이는 미남자다.

하지만 이곳에 있는 모든 군인들은 현중을 보고,

"설마… 저 사람이?"

"저 사람이 마스터 교관인가?"

"설마……. 비리한데?"

멀리서 현중을 보고 조용히 속삭이는 소리가 퍼졌다.

"조용!!"

데이비드가 불현듯 자신의 목소리에 마나를 실어 소리쳤다.

뚝!

데이비드의 한마디에 술렁이던 분위기가 삽시간에 가라앉았다.

"믿지 못하는 자는 필요없다. 떠나라."

현중을 향해 뒷담화 까는 소리를 데이비드가 듣지 못할 리가 없었다. 물론 데이비드도 처음에 그들과 똑같은 생각을 했었다.

하지만 그건 정말 커다란 착각이었고 자신의 자만심인 것을 지금은 충분히 알고 있다. 자신이 존경하는 현중이 뒷담화 당하는데 기분 좋을 리가 없다.

그러기에 냉정하게 큰소리치는 것이다. 자신이 마스터가 되게 해준 현중을 향한 불신의 눈빛을 일격에 부숴 버릴 수 있는 자신감이 있었다.

"떠나는 자는 없나?"

데이비드가 다시 말하자,

"네!! 없습니다!!"

부대가 떠나라 군인들은 크게 소리를 질렀다. 데이비드는 그들에게 눈길 한 번 주지 않았다.

그는 현중과 마리아를 데리고 찬바람이 쌩하니 부는 태도로 군 사무실로 들어가 버렸다.

그렇게 데이비드와 마리아, 현중이 사라지자,

"휴우! 너, 느꼈어?"

"응. 너도?"

"데이비드님이 소리치는데 갑자기 온몸의 털이 바짝 곤두서는 게……."

"야, 난 여기 털도 서는 줄 알았다."

슬쩍 군인 한 명이 자신의 바지를 가리켰다.

"미친놈."

옆의 동기인 듯한 군인이 핀잔을 주자,

"그만큼 살벌했다는 거지. 저게 마스터라는 건가."

"그러게. 목소리만으로도 이곳의 100명 가까운 군인 모두의 간담을 서늘하게 만들 정도라니……. 나, 직접 느껴보긴 처음이야."

"너만 처음이냐. 여기 모든 동기들 다 처음일 거다."

다들 데이비드가 마나를 실어 내지른 목소리에 본능적으로 살기를 느끼고 몸이 살짝 굳어지는 느낌에 할 말이 많았다.

설마 사람의 목소리만으로 이런 위력을 느껴보기는 처음이니 말이다.

가장 가까이 있던 군인 한 명이 조용히 속삭였다.

"도대체… 어떤 훈련을 해야 마스터가 되는 거지."

쉽게 상상이 가지 않는다.

마치 사자가 포효하는 소리를 바로 옆에서 들은 듯 데이비
드의 목소리는 한동안 이곳 부대원들 사이에서 많은 이야깃
거리가 될 것이 분명했다.

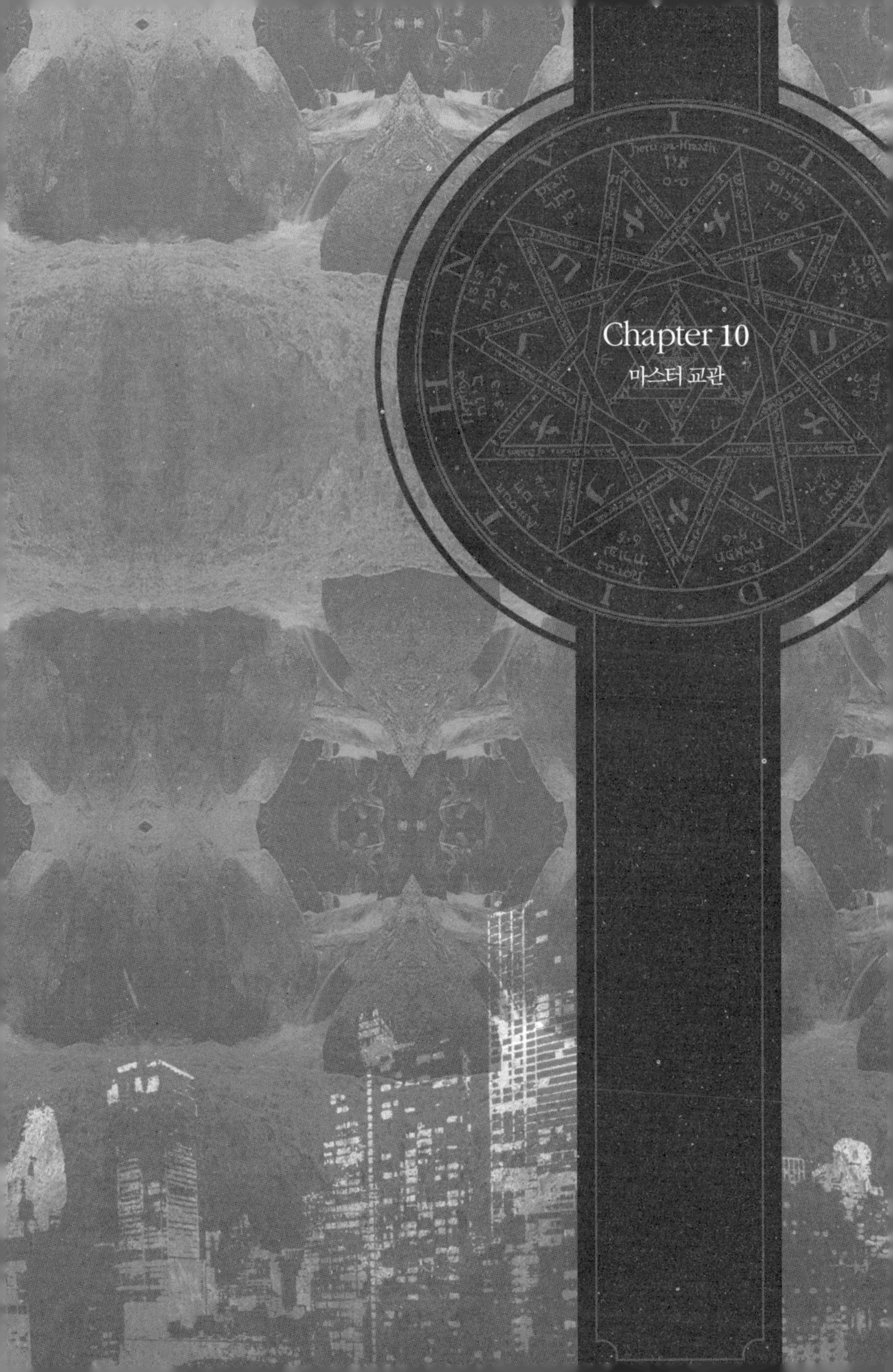
Chapter 10
마스터 교관

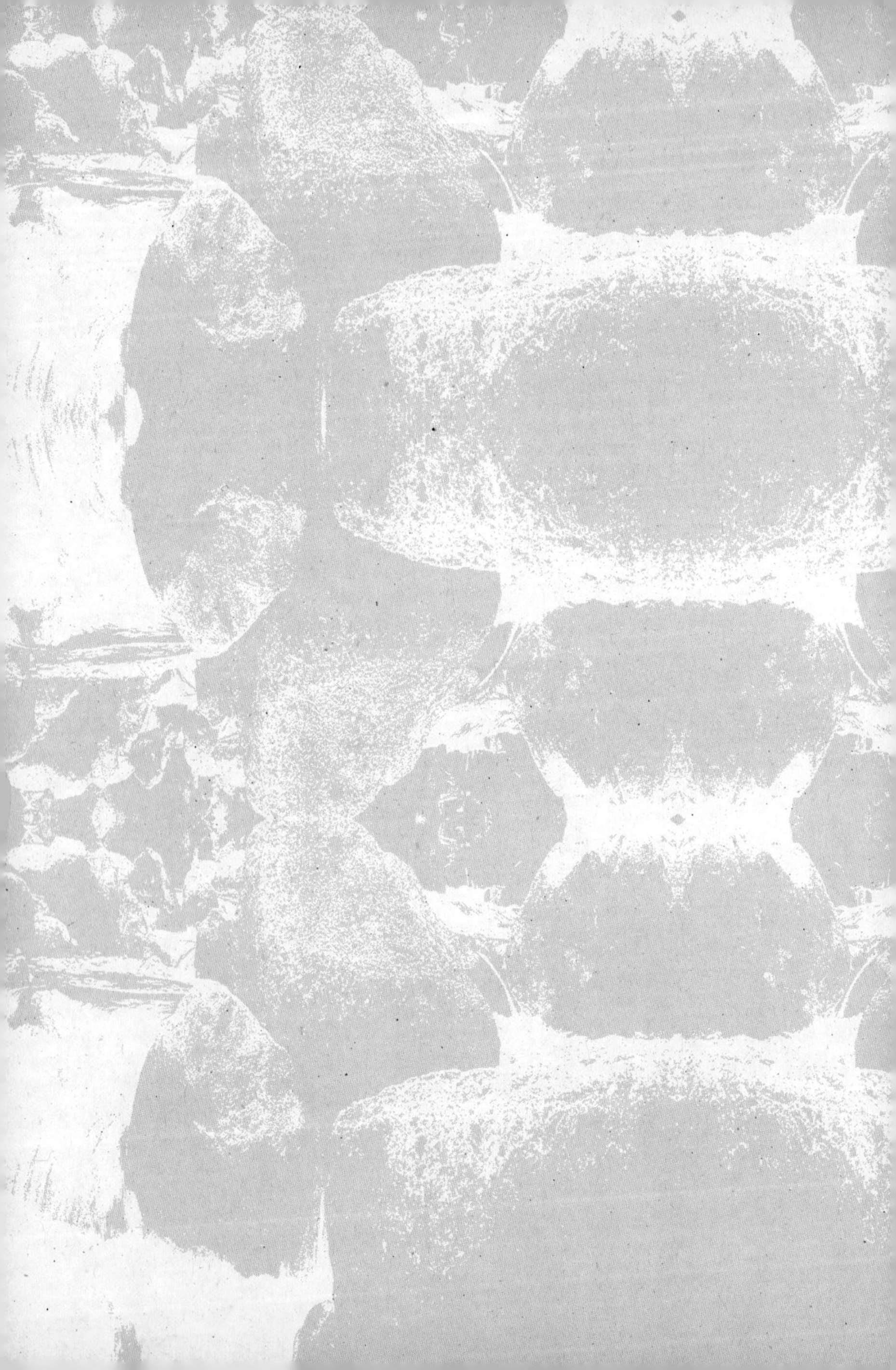

"여기는?"

현중은 데이비드를 따라 들어온 곳에 아무것도 없기에 슬쩍 물어봤다. 들어갈 때는 분명히 사무실이나 군에는 꼭 있는 행정실로 생각했는데 막상 들어와 보니 흔한 책상이나 의자 하나 없이 마치 막 신축한 건물처럼 보인 것이다.

"훈련하는 동안 현중님이 사용하실 공간입니다. 그래서 비웠습니다."

"이걸 다?"

어느 군대나 똑같다. 이 넓은 공간을 현중이 오는 날만을 위하여 전부 비웠다니. 현중은 피식 웃을 수밖에 없었다.

윗선의 명령 하나에 없던 도로도 만들어내는 곳이 바로 군대가 아니던가. 사무실 하나 비우는 것은 일도 아닐 것이다.

그리고 굳이 대우해 주겠다는데 현중도 거부할 생각은 없었다.

덜컹~

현중까지 완전하게 안으로 들어오자 뒤쪽의 철문이 열리면서 군인들이 무언가 손에 들고 들어왔다. 그들은 미리 연습이라도 한 듯 착착 내려놓고 나갔다.

잠깐의 시간 동안 수십 명의 군인이 오가고 난 뒤 사무실에는 커다란 프레젠테이션용 막이 벽에 걸려 있고, PT 기계가 중간에 설치가 끝난 상태로 완벽하게 세팅이 되어 있었다.

현중이야 이런 군대의 특성과 모습이 낯설지 않기에 그냥 그러려니 하지만 마리아는 불과 1분도 되지 않는 사이에 텅텅 비어 있던 곳에 간이식이지만 프레젠테이션 도구와 준비가 끝나 버렸다는 것에 제법 놀라고 있었다.

보통 남자들은 기사 수업을 위해 특수부대는 필수적으로 다녀와야 하는 것이 일반적이지만 마리아는 어릴 때부터 베이스퍼에게 직접 사사한 경우라 군대는 가끔 일 때문에 방문

했을 뿐이었다. 이미 준비가 끝나 있는 상태의 군대 모습만 보다가 지금처럼 즉석에서 무언가 만들어내는 것은 처음 봤는지 조금 놀라는 모습이다.

"이게… 군대라는 거군요."

마리아는 뭘 말하는지 모르지만 현중은 그냥 말없이 웃을 뿐이었다.

여자들은 군대의 특이한 행동을 보고 나면 다들 놀라게 마련이다. 특히나 즉석에서 무언가를 만들어내고 그것을 활용하는 능력을 직접 보게 된다면 아무리 별로라고 생각했던 남자도 이성적으로 끌림을 받을 만큼, 군대는 세상과 조금은 동떨어진 생활 방식이 기본인 곳이다.

그런데 이렇게 감동하고 있는 마리아와 달리 현중은 지금 프레젠테이션 준비를 한 이유가 궁금했다.

"데이비드."

"네, 현중님."

"이건 왜 설치한 거야?"

당연히 현중은 이해가 가지 않는 작업이기에 물어보자,

"미리 만나보실 기사 후보생의 특징 및 성격에 대해서 알려 드리려고 준비했습니다."

여왕과 헤어지고 나서 혼자 차를 대기시키기 위해 나갔을 때 데이비드가 연락을 해서 급하게 준비한 듯했다.

현중은 지금 벌어진 상황이 모두 자신 때문이라는 것에 웃기면서도 한편으로는 군대 있을 때 자신이 그렇게 욕하면서 싫어했던 장교들의 행동을 그대로 했다는 것에 조금은 씁쓸했다.

"직접 보면 돼."

현중은 기사 후보생들의 성격과 특성은 애초에 관심이 없었다. 현중의 관심사는 오직 하나였다. 마스터가 되기 위한 훈련을 잘 따라 오느냐, 아니면 낙오가 되느냐, 그 두 가지뿐이었다.

"네, 현중님."

현중의 단 한마디.

이 말이 끝나자 데이비드는 슬쩍 창문을 향해 시선을 주더니 고개를 흔들었다.

끼익~

데이비드의 신호가 끝나자 철문이 다시 열리더니 수십 명의 군인이 들어와 일사불란하게 방금 설치한 자재를 모조리 가지고 사라져 버렸다.

설치할 때는 그래도 몇 분이 걸렸지만 철수할 때는 1분도 채 걸리지 않을 만큼 빠르고 신속했다.

"바로 대기 중인 기사 후보생들을 만나시겠습니까?"

데이비드가 조용히 현중에게 묻자,

"그러려고 왔으니까."

당연한 걸 묻는다는 식으로 간단하게 대답하고는 그대로 뒷문으로 나가 조금 걷자 커다란 창고 같은 건물이 보였다. 그 안으로 들어가자 허름한 창고 같던 겉모습과는 달리 속은 깔끔하게 정리되어 있는 도장이었다.

튼튼하면서도 탄력이 좋은 나무로 바닥을 마감해 놓았고, 샌드백부터 필요한 모든 운동 기구가 준비되어 있었다.

짝!

데이비드가 손뼉을 치자 도장에 흩어져 있던 사람들이 데이비드 앞으로 모여들었다.

자로 잰 듯 앞뒤 간격을 딱 맞춰서 실수 없이 줄 서는 모습은 마치 TV로 군대 영상을 보는 것 같은 느낌이 들었다.

"이곳에 있는 모두가 후보생입니다."

"……."

현중은 커다란 창고형 도장에 흩어져 있을 때는 몰랐는데 이렇게 모이고 보니 숫자가 제법 되어 보였다.

"몇 명이지?"

현중이 데이비드에게 묻자,

"모두 150명입니다."

역시나 어째 좀 많아 보인다 싶었는데 150명이나 되는 숫자가 기사 후보생이라는 말에 마리아는 뭔가 눈치를 챘는지 고개를 흔들면서 한숨을 쉬었다.

데이비드도 그런 마리아의 모습에 헛기침을 하더니,

"그게… 여왕 폐하께서 최대한 긁어모으라는 특별 지시가 있어서… 조금 많습니다."

마리아의 반응과 데이비드의 말을 들어보면 원래는 이렇게 많지 않았다. 역시나 현중도 0.1%의 특별한 엘리트들을 모았다는 말에 많아봐야 50명 정도로 생각했는데 그런 현중의 예상을 가볍게 뛰어넘는 150명을 긁어모은 것이다.

한마디로 뽕을 뽑겠다는 뜻이다. 50명에서 마스터가 탄생할 숫자보다 당연히 150명에서 마스터가 탄생할 숫자가 기본적으로 많다는 계산에 군에서 좀 능력있다고 인정받은 대원들을 모조리 차출한 것처럼 보였다.

"이제 이들에 대해서……."

"아니, 내가 직접 알아보지."

현중은 앞에서 중계를 하려는 데이비드를 막아서고는 150명이나 되는 특수부대원 앞에 섰다. 모두가 하나같이 생사를 넘나들면서 다져온 듯 눈빛부터가 남달랐다.

"내가 너희들을 교육시킬 교관이다."

유창한 영어가 나오자 몇몇은 조금 놀라는 눈빛이었다. 현중은 누가 봐도 동양인의 외모였으니 말이다. 거기다 군대 특성상 현중의 국적과 어느 정도 정보는 이미 모두에게 풀린 상태였다.

"내 교육 방침은 오직 하나다."

현중은 조용히 모두의 눈동자를 한번 쓰윽 흝어보고는,

"살아서 마스터가 되든지, 아니면 병신이 되어서 의가사 제대를 하든지 둘 중 하나다."

현중의 말이 끝나자 다들 마나가 흔들리는 것을 보니 약간의 동요는 있는 듯했다. 마나의 눈을 각성한 현중의 눈에는 나름 훈련한 특수부대원들의 작은 변화도 캐치할 수 있었다. 하지만 그 누구도 눈동자의 작은 흔들림조차 느낄 수 없었다.

그것만 봐도 현재 이곳에 있는 녀석들은 모두 그저 훈련만 받은 샌님들은 아니라는 소리다. 이미 전장에 출동을 해본 경험이 있고 극한의 상황을 겪어봤다는 증거다.

하지만 이렇게 사선을 넘나든 대원들 중에서도 과연 몇 명이나 마스터가 탄생할지는 현중도 몰랐다.

대륙에서야 마족이라는 커다란 적이 있고 확실한 동기 부여가 되기에 목숨을 걸고 현중의 훈련을 따라왔던 기사들이다. 하지만 지구에는 특별한 적이 없다.

오직 하나, 마스터가 되면 인생이 달라진다는 것 하나뿐이다.

그런데 그건 자신의 욕심이 목표라는 말이다. 즉, 버릴 것은 버리고 자신을 돌아봐야 하는 마스터에게 독과 같은 핑크

빛 미래가 펼쳐지는 권력과 힘, 그리고 엄청난 명예가 지금 이들에게 동기 부여가 되는 것이다.

'지들 하기 나름이지.'

현중은 앞으로 영국의 힘이 필요하다. 영국뿐만이 아니다. 카일라제를 상대하려면 최대한 많은 힘과 조직이 필요했다.

국가도 엄연히 하나의 조직이다.

그 크기가 크고 틀이 잡혀 있을 뿐 알고 보면 국가도 기본은 조직에서 시작된다.

현중에게 크게 힘든 것도 아니니 뭐 이 정도 부탁을 들어주고 빚을 지워두는 것이 나중에 도움이 되겠다는 판단에 여왕의 꼼수를 알면서도 승낙한 것이다.

"먼저 나설 사람?"

현중은 평소의 모습이 아니라 도복을 입은 차림으로 동그랗게 대원들이 앉아 있는 곳 중앙에 서서 가볍게 손짓했다.

벌떡!

"SAS 특작부 소속 데이미언 스미스입니다. 계급은 대령입니다."

현중의 손짓에 가장 먼저 일어난 데이미언은 현중보다 머리 하나가 큰 키와 우람한 덩치에서 뿜어져 나오는 위압감이 대단했다.

옆에서 보면 현중이 마치 어린애고 데이미언이 어른으로 보일 만큼 덩치부터 모든 게 압도적이다.

그런데 갑자기 왜 이런 상황이 벌어졌느냐 하면, 본래는 그냥 첫인사만 할 생각으로 현중은 대원들의 눈동자를 통해 어느 정도 성격과 능력을 나름대로 파악하려 했다. 혹시나 마나를 다루는 데 소질이 있는 후보생이 있을지도 모른다는 생각에 하나하나 대화 없이 스쳐 지나가듯 살펴보는데, 그 와중에 발견되는 사실이 하나 있었다.

현중의 외모와 체형이 사선을 넘나들며 경험을 한 SAS대원들이 보기에는 확실히 믿음직하지 못한 것이 사실이다.

하지만 현중의 뒤에는 영국 공인 마스터 두 명이 떡하니 버티고 있는 중이다.

군대는 계급이 깡패라는 말이 있다. 즉, 그 모든 것을 떠나 계급이 높으면 장땡이라는 말이다.

그러다 보니 불만이나 의구심이 있지만 그 누구도 차마 말하지 못하고 있음이 현중의 천심통에 보였다.

과연 언제 누가 나설까 현중이 기다리고 있을 때, 가장 마지막에 현중과 눈이 마주친 SAS대원 하나가 현중에게 불쑥 이런 말을 했다.

"마스터 교관님."

"마스터… 교관?"

현중은 분명히 자신을 향해 하는 호칭인 것은 맞는 것 같은데 처음 들어보기에 고개를 갸웃거렸다.

"저희들 사이에서는 마스터 교관님이라고 부릅니다."

"그래서?"

다른 대원들은 그냥 조용히 입을 다물고 있었는데 가장 어린 스물세 살의 막내가 당돌하게 현중에게 먼저 대화를 건 것이다.

군대에서는 절대로 있을 수 없는 일이었지만 현중이 그런 것에 연연하는 성격이 아닌 것을 어떻게 알았는지 제법 대담했다.

"한국에 최배달이라는 파이터가 있었다고 들었습니다."

현중은 외국, 그것도 영국의 SAS대원에게서 최배달의 이야기를 듣자 기분이 조금은 새로웠다. 그런데 한국 사람만 모를 뿐 최배달의 명성은 무술인들 사이에서는 유명한 이야깃거리로 아는 사람이 제법 많은 편이었다.

특히나 SAS 특수부대는 세계 최초의 전문화된 특수부대로서 한국처럼 모병제가 아닌 지원제이기에 스스로 원해서 들어온 사람들이다. 즉, 마인드 자체가 다른 것이다.

좋아서 군인이 되었고, 특수부대원이 되었으니 후회나 군대에 대한 거부감이 전혀 없는 것이다.

오히려 이들은 강제로 제대하는 것에 불안감을 느낄 정도
로 싫어하는 사람들이 많았다.

지금 기사 후보생으로 모여 있는 대원들은 최배달을 거의
다 알고 있었다.

현중에 대해서 어느 정도 정보를 공유 받은 부대원들은 나
름 한국에 대해서 알아보다가 우연히 일본에서 극진 가라테
를 배운 적이 있는 대원에게 최배달에 대한 이야기를 듣게 되
었다. 바람의 파이터라는 말에 호기심을 느껴 알아보니 세계
적으로 유명한 일화를 남긴 전설적인 인물이다.

특수부대원들이 호기심과 관심을 보일 만큼 그의 세계를
상대로 한 도장깨기는 대단한 것이었다.

“알고 있다.”

“그럼 마스터 교관님은 저희를 상대로 몇 명이나 상대할
수 있으십니까?”

도전적인 눈빛으로 하는 질문에 현중은 피식 웃었다.

“알고 싶나?”

“저희의 목숨을 맡겨야 한다고 들었습니다. 그러려면 최소
한 저희가 인정을 해야 한다고 생각합니다.”

당돌하면서도 건방지지만 확실히 틀린 말은 아니다. 좋아
서 들어온 군대다. 여러 가지 이유가 있겠지만 실력도 없고
인정받지 못한 상사의 명령에 죽는 것만큼 개죽음은 없기 때

문이다.

지금 이곳에 모인 SAS대원들은 기사 후보생이라는 임시적인 위치에 있지만 다들 죽음조차 두려워하지 않는 특수부대원들이다.

이미 아프칸부터 여러 국외로 파병도 나갔었고 생사를 넘는 경험도 많았다. 이런 이들이 가장 싫어하는 게 바로 개죽음이다. 나라에 도움도 되지 않고 전혀 쓸모없는 죽음 말이다.

"그렇군. 하지만… 아버지가 군 장성이라는 배경을 믿고 한 말인가, 아니면 너의 순수한 의지로 한 말인가?"

현중이 이 당돌한 막내의 눈동자를 보면서 말하자,

"제 의지입니다. 아버지와는 상관없습니다."

"그래? 뭐, 그렇겠지."

하긴 아버지의 배경에 안주하는 녀석이라면 SAS에 지원하지도 않았을 테니 말이다.

곧바로 현중은 모든 대원을 둥글게 앉도록 만들고 자신은 도복으로 갈아입고 다시 모습을 드러냈다.

"현중 씨, 정말… 해야겠어요?"

마리아가 보기에는 쓸데없는 남자들의 힘겨루기 같아 보일 뿐이다.

물론 현중도 이게 그냥 힘겨루기라는 것을 알고 있다. 하지만 때론 남자란 이런 힘겨루기로 인해 서로를 알아가고 대화보단 몸으로 인정해야 하는 특이한 성격을 가진 녀석들이다.

옛말에 남자들은 싸우면서 친해진다고 했던가?

여자는 싸우면 싸울수록 오히려 사이가 멀어진다고 한다. 하지만 남자들은 오히려 반대였다. 치열하게 싸울수록 오히려 묘하게 유대관계가 생기는 것이 바로 남자다.

그런 것을 현중이 모를 리가 없다. 물론 마리아는 이해를 못하겠지만 말이다.

"남자는 단순하니까요. 후후훗."

현중은 간단하게 한마디 하고는 150명이 둘러앉은 원의 중앙에 섰다.

그리고 가장 먼저 나온 녀석이 바로 데이미언 스미스였다.

"어떠한 기술, 어떠한 짓도 허락된다. 진심으로 덤벼라."

현중이 간단하게 한마디 하자 데이미언은 곧바로 고개를 살짝 숙이면서 어깨를 흔들더니 곧장 현중에게 달려들었다.

"주짓수."

현중은 데이미언의 몸동작에서 바로 특징을 알아내고는 달려드는 데이미언을 그대로 바라보기만 했다.

타타타타탁!

커다란 덩치에 맞지 않게 재빠른 데이미언은 거의 손에 닿을 거리에 다다르자 갑자기 허리를 숙이면서 몸을 최대한 낮췄다.

사람의 눈은 좌우로는 빠르게 반응하지만 상하로는 반응이 느리다는 것을 이미 알고 있는 듯 갑자기 커다란 덩치가 현중의 가슴 정도 높이로 작아져 버렸다.

당연히 일반적으로 눈으로 상대를 파악하는 사람이라면 눈앞에서 데이미언이 갑자기 사라진 것처럼 느낄 수도 있을 것이다.

하지만 현중은 처음부터 상대가 주짓수의 고수임을 알고 있었기에 허리를 태클하기 위해서 웅크릴 것을 예측했다.

덩치가 큰 주짓수 무술가들은 거의 대부분이 허리 태클로 그라운드 기술이 들어간다. 태클의 반동을 받아 위에서 타격해 상대를 완전히 제압하는 것이 일반적이다.

특히나 허리 태클은 현중과 데이미언처럼 신장 차이가 많이 날수록 그 위력은 몇 배로 증가하는 특징이 있었다.

생각해 보라. 허리를 잡고 위에서 내리 꽂아버리는 엄청난 태클을 당한다고 말이다. 낙법? 당연히 할 수 있다. 하지만 허리가 잡힌 상태에서는 완벽한 낙법을 할 수 없다.

즉, 태클로 허리가 잡혀 바닥으로 내동댕이쳐지는 그것만으로도 일반인은 기절할 정도의 충격을 받을 수 있는 게 바로 태클이라는 기술이다.

일반적으로 길거리 싸움에서 하는 태클과는 그 질과 위력이 하늘과 땅 차이다.

씨익~

현중은 데이미언이 허리를 향해 양손을 뻗어올 때 오른발을 살짝 움직였다.

스윽~

데이미언의 손끝이 현중의 허리에 닿기 직전에 현중은 갑자기 사라져 버렸다.

"……!!"

데이미언은 뭔가 허공을 휘감는 듯한 느낌에 현중이 사라졌다는 것을 느꼈다. 하지만 그것을 미처 깨닫기도 전에 갑자기 데이미언의 눈앞 풍경이 어지럽게 움직였다.

쿵!!

그리고 데이미언이 본 것은 방금 자신이 나왔던 자리에 다른 동료대원들이 거꾸로 앉아 있는 모습이었다.

그리고 그게 데이미언이 기억하는 마지막이었다.

"다음."

현중은 데이미언의 커다란 덩치를 가볍게 허리를 뒤에서 껴안듯 잡아 그대로 스플렉스를 사용해서 뒤집어 찍어버렸다.

탄력이 좋은 바닥임에도 불구하고 엄청난 소리가 도장 전체를 진동시켰고,

털썩.

현중이 손을 놔버리자 데이미언은 그대로 늘어져 버렸다. 혀를 내민 채 말이다.

대원들은 데이미언이 당했다는 것보다 현중의 움직임에 다들 놀라고 있었다.

"너 봤어?"

"아니."

"뭐가 어떻게 된 건지……."

무려 149명이 보는 앞에서 현중은 데이미언의 태클이 거의 성공하기 직전에 사라져 버린 것이다. 그리고 다시 나타난 곳은 데이미언의 등 뒤였다.

일반인도 아니고 SAS에서 특별하게 차출된 특수부대원 모두의 눈앞에서 현중은 감쪽같이 사라졌다 다시 나타났으니 놀라지 않을 수가 없다.

"없나?"

모두가 놀라고 있는 사이에 현중은 다음 사람을 기다렸고, 약간 늦긴 했지만 방금 데이미언이 기절하는 것을 보고도 용감히 나서는 대원은 많았다.

하지만 그 결과는,

퍼억!

털썩.

"다음!"

처음의 데이미언만 뭔가 화려한 기술이지 그 후로는 모두 하나같이 오른쪽 스트레이트 주먹 한 방에 나가떨어졌다.

그렇게 한 50명이 바닥에 뒹굴 때쯤 특수부대원들은 뭔가 이상하다는 것을 깨달았다.

"…너 혹시 마스터 교관님이 한 발자국이라도 움직인 거 봤어?"

"응? 아니. 그리고 보니……."

그렇다. 현중은 데이미언을 제외하고는 49명을 상대하면서 단 한 발자국도 먼저 움직이거나 밀려서 움직인 적이 없다. 물론 그전에 카운터로 모두 현중의 오른쪽 스트레이트 주먹을 선사 받고 저 멀리 꿈나라로 가버렸다.

일반적인 깡패나 싸움꾼이 아니라 전문적으로 살인 기술을 훈련받은 특수부대원들이다. 싸워서 이기는 게 아니라 서 있는 자세 그대로 유지한 채 오직 오른팔만 사용해서 150명의 1/3 이나 되는 인원을 기절시켜 버린 것이다.

그러자 대원들 사이에서도 뭔가 웅성거림이 시작됐다.

그러다가 결국 일대일로는 안 된다는 판단을 내렸다.

이들은 군인이었다. 무술가가 아니었다. 군인은 이기기 위

해 존재하지 정당한 승리라는 허울을 위해 존재하는 것이 아
니다. 당연히 일대일이 안 된다면 2대 1로 싸우면 되는 것이
다.

　하지만 현중은 오히려 그런 그들에게 귀찮다는 듯,

　"100명 전원 다 덤벼!"

　먼저 그들을 도발해 버렸다.

　군인이지만 그들도 사람인 이상 1대 100은 아무리 생각해
도 말이 안 되는 대련이기에 처음에는 다들 주춤거렸다. 하지
만 현중은 그런 그들에게,

　"영국의 자랑이라는 SAS는 군인이 아닌가? 이긴다면 뭐든
지 해야 하는 게 군인이 아니던가?"

　슬며시 자존심을 건드리면서 도발하자,

　벌떡!

　"그럼 마스터 교관님, 실례하겠습니다."

　자신이 몸담고 있고 좋아서 지원해 들어온 부대를 욕한다
면 누구라도 발끈할 것이다. 당연히 SAS부대 출신인 이들은
모조리 일어섰다.

　하지만 조금 떨어진 곳에서 이 모습을 지켜보고 있던 데이
비드는,

　"…100명이 아니라 천 명이 덤벼봐라. 현중님의 옷자락 하
나 건드릴 수 있는가."

오히려 SAS부대원들의 전원 패배를 확신하고 있었다.

마리아는 그런 데이비드의 모습을 보면서 도대체 현중이 데이비드에게 어떻게 무엇을 했기에 사람이 저렇게 바뀔 수가 있는지 궁금했다.

데이비드는 나름 매너가 좋지만 천방지축에 자기 고집이 강하고, 태어날 때부터 왕족이다 보니 특히나 권위의식이 강한 편이었다.

하지만 현중과 잠시 사라졌던 그 후로 데이비드는 마스터가 되어 나타나더니 사람이 완전 180도 바뀌어 버렸다.

그전까지 데이비드는 조바심 내면서 마치 누군가 쫓아오는 듯 성격이 급한 사람이었다. 반면에 지금의 데이비드는 너무나 여유로워 보였다. 특히나 현중에 대한 호감은 거의 존경심을 넘어 경외심까지 가지고 있는 것같이 보였다.

거기다 주변을 대하는 태도도 완전히 바뀌어 버려 그동안 손가락질을 받던 데이비드는 지금 사교 파티에서 최고로 꼽는 사람이 되었다.

물론 마스터가 되면서 딸을 가진 귀족들의 주요 타깃이 되긴 했지만 성격도 너무나 좋은 남자로 이미 소문이 자자했다.

"시작!!"

가장 앞에 있던 대원 하나가 신호를 보내자 둘러싸고 있던 백 명의 대원이 사방에서 현중을 향해 달려들었다.

하지만,

"이게 끝?"

불과 1분도 되지 않는 시간에 도장 바닥에는 150명의 SAS 대원의 기절해 있었다. 그곳에 홀로 처음과 똑같은 위치에 서 있는 현중이 보였다.

짝~

데이비드가 곧바로 박수를 치자 도장 문이 활짝 열리면서 위생병들이 들어오더니 기절해 버린 대원들을 모두 들것에 실어 나갔다.

그들은 2분도 걸리지 않고 모든 대원을 싣고 나갔다. 기절한 대원들로 가득찼던 도장이 순식간에 깨끗해졌다.

"수고하셨습니다."

데이비드는 현중에게 깍듯이 인사를 했고 마리아는,

"수고했어요."

하고 가볍게 인사를 했다.

현중은 데이비드와 마리아만 들리게 작게 중얼거렸다.

"생각보다 약해."

그 말은 현중의 첫 느낌을 모두 대변해 주는 한마디였다.

"데이비드."

"네, 현중님."

"최악의 경우 마스터가 한 명도 나오지 않을 가능성이 많아 보인다."

그렇게 말하고는 그대로 천천히 도장을 나가 버렸다. 현중의 말을 들은 데이비드는 가만히 생각하더니 뭔가 결심을 한 듯 굳은 얼굴로 데이비드의 뒤를 따라 도장을 나갔다.

가장 마지막에 나가는 마리아는,

"험난한 기사 훈련이 되겠군."

현중에게 약하다고 찍혀 버린 SAS대원들이 앞으로 받을 훈련의 강도가 눈에 뻔히 보이는 마리아였다.

한편 밖으로 나온 현중은 조용히 길을 걷고 있는데,

─마스터.

테른의 목소리가 머릿속에 울렸다.

'말해봐.'

─혹시 아르카임 스톤헨지라는 곳을 아십니까?

'아르카임 스톤헨지? 스톤헨지면 영국에 있는 그곳을 말하는 거냐?'

딱 떠오른 것은 바로 영국에 있는 유명한 스톤헨지다. 하지만 현중의 기억으로 스톤헨지가 있는 지역은 아르카임이 아니었다. 그리고 아르카임이라는 발음 자체가 영국식 발음도 아니다.

─러시아에 있는 스톤헨지의 형상을 닮은 고대 유적입

니다.

'고대 유적?

갑자기 고대 유적 이야기를 하는 테른의 말에 현중이 의문을 가지자,

—조금 전 카이쇼 무사시로부터 연락이 왔습니다.

'카이쇼가?

뜻밖이다. 그의 제자인 카토를 병신으로 만들어놨으니 어느 정도 시간이 지난 다음에야 필요에 의해 연락이 올 줄 알았다.

—카이쇼 무사시가 처음 아귀들을 만났던 장소가 바로 아르카임 스톤헨지라는 곳이라고 말했습니다. 그리고 그곳에서 자신처럼 마스터가 된 자들의 시체를 본 적이 있다고 합니다.

'그래?

어째서 그때 현중과 이야기할 때는 말하지 않다가 뒤늦게 연락을 했는지 이유는 몰랐다. 현중도 천심통으로 살펴봤을 때 거짓말을 하거나 숨긴다는 느낌을 받지 않았으니까 말이다.

하지만 굳이 급하게 연락한 것을 보면 기억에서 잊고 있다가 뒤늦게 떠올랐을 가능성이 높아 보였다.

자신의 수제자를 병신을 만든 현중에게 정보를 직접 줬다

는 게 카이쇼가 얼마나 사이언톨로지에 원한을 가지고 있는지 충분히 짐작이 되는 부분이기도 했다.

어차피 예뻐하는 제자는 아니라도 제자다. 그런 제자를 병신으로 만든 현중에게 조그마한 정보라도 바로 전해줬을 정도로 아귀와 카이쇼 무사시는 적대관계인 것이다.

아직 카이쇼 무사시를 완전히 신뢰할 수는 없지만 최소한 적으로 돌아설 가능성은 적어 보였다.

"아르카임… 스톤헨지라……."

현중은 테른이 말한 아르카임 스톤헨지를 계속 되뇌면서 이곳의 일이 마무리되는 대로 바로 이동할 생각을 했다.

가능하면 그곳에서 아귀가 아니라 좀 더 많은 정보를 가진 존재를 만나길 바라면서 말이다.

—마스터.

또다시 테른의 연락에 현중이 귀를 기울이자,

—메로우에게서도 연락이 왔습니다. 아르카임 스톤헨지로 데려다 달라고 말입니다.

'메로우까지?'

메로우는 현중이 생각하기에 대륙의 드래곤 같은 지구의 조율자였다. 그런 조율자가 이런 타이밍에 이야기를 꺼냈다면 그냥 평범한 일은 아닌 것 같았다. 아무튼 현중에게는 꼭 가봐야 하는 이유가 생긴 것이다.

　물론 혹시나 해서 대동그룹의 회장실 직통 연락처를 메로우에게 주긴 했다.

　현재 템플재단의 삼엄한 보호를 받고 있는 메로우에게 별일이 생기겠는가만 혹시나 하는 경우도 있으니 우선 비상 연락처로 준 것인데 그걸로 연락이 온 듯했다.

　자세한 것은 메로우를 만나면 그 점 또한 확인해 보기로 하고, 현중은 동쪽, 러시아 방향으로 시선을 돌렸다.

　"도대체 아르카임 스톤헨지가 뭐지?"

『현중 귀환록』 9권에 계속…

Dragon order of FLAME 폭염의 용제

김재한 판타지 장편 소설

「사이킥 위저드」, 「마검전생」의 작가 김재한!
그가 그려내는 새로운 액션 히어로가 찾아온다!

모든 것을 잃고 복수마저 실패했다.
최후의 일격마저 막강한 레드 드래곤 앞에서 무너지고,
죽음을 앞에 둔 그에게 찾아온 또 하나의 기회!

"네 운명에 도박을 걸겠다."

과거에서 다시 눈을 뜬 순간,
머릿속에 레드 드래곤의 영혼이 스며들었을 때,
붉은 화염을 지배하는 용제가 깨어난다!

강철보다 단단한 강체력을 몸에 두른
모든 용족을 다스리는 자, 루그 아스탈!

세상은 그를 '폭염의 용제'라 부른다!

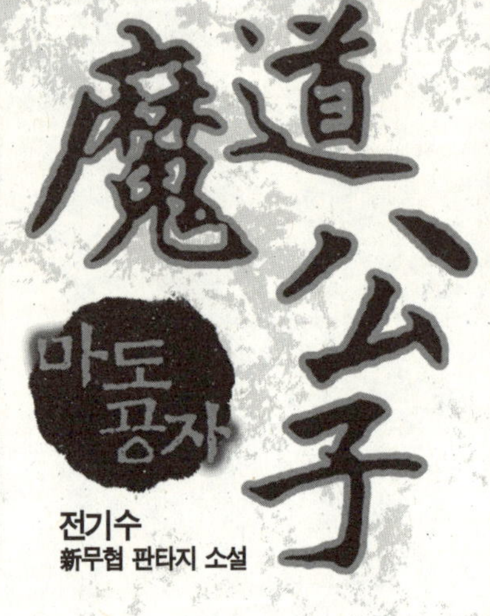

魔道公子
마도공자
전기수
新무협 판타지 소설

DREAM WALKER
드림워커

김현우 퓨전 판타지 소설

『레드 데스티니』, 『골드 메이지』를 잇는
김현우표 퓨전 판타지 결정판!

『드림 워커』

단지… 꿈이라 생각했다. 그러나 어느날.
그 꿈이 현실을, 그리고 현실이 꿈을, 침범하기 시작했다.

루시드 드림!
힘든 삶 앞에 열린 새로운 세계!

그날 이후 모든 것이 바뀌었다!
기준의 삶도, 유델의 삶도 모두 내 것이다!

Book Publishing CHUNGEORAM

마법사 무림기행

魔法師 武林紀行

김도형 퓨전 판타지 소설

**신예 김도형이 그려내는 퓨전 장르의 변혁!
무림을 무대로 펼쳐지는 마법사의 전설!**

무림에서 거지 소년으로 되살아난 마법사 브린.
더 이상 떨어질 곳도 없는 깊은 나락에서 마법사의 인생은 새로이 시작된다!

내 비록 시작은 이 꼴이나 그 끝은 창대하리니!

짓밟혀도 되살아나는 잡초 같은 생명력!
고난 속에서 빛을 발하는 날카로운 기재!

**무협과 판타지를 넘나드는
마법사 브린의 모험을 기대하라!**

『비상하는 매』의 신선함, 『더 로그』의 치열함,
『월야환담』의 생동감.

그 모든 장점을 하나로 뭉쳐 만든 홍정훈식 판타지 팩션!

아더왕과 원탁의 기사.

전설의 검 엑스칼리버의 가호 아래 역사에 길이 남을 대왕국을 건설한
위대한 왕과 그의 충직한 기사들.

"…난 왜 이리 조건이 가혹해?!"

그 역사의 한복판에 나타난 이질적 존재, 요타!
수도사 킬워드의 신분을 빌려 아트릭스의 영주가 되어 천재적인 지략과 위압적인 신위를 휘두르며
아더왕이 다스리는 브리타니아에 정면으로 반기를 든다!

**전설과 같이 시공을 뛰어넘어
새로운 아더왕의 이야기가 우리 앞에 나타난다!**